JN057297

# しょーもな記

神原月人

月と梟出版

目次

# しょーもな記

注記

この物語はフィクションだと思ってくれてかまわない。
0歳児の書く私小説なんてあり得ないと思うのならば。

# 夜を統べる

おツキは四月一日——嘘の日（エイプリルフール）に生まれました。

予定日は二週間も後でしたが、おツキは生まれてくるのが早かったのです。

もう一日、生まれてくるのを辛抱していれば早生まれにならなかったのに、と父は残念がっていましたが、残念なのは父のほうです。

母のお腹を蹴り蹴りして、「父、だめ。ハンコ捺しちゃだめ！」と訴えていたのに、身重の母にはなかなか意図が伝わらなかったようです。夜になると、じたばた暴れる子ぐらいにしか思われなかったのでしょう。

なんとか父の押印を止めたくて、ひっくり返って、逆子になりました。

それでも警告が伝わらなかったので、まさしく嘘の日に生まれてきたのです。

父が捺そうとしている誓約書は危ないよ、嘘だよ、と伝えたかったのに、父はなんら疑うことなく誓約書に押印しました。しょーもな。

おツキが愚考しますに、父は軽はずみにハンコを捺してしまうオマヌケさんであるようです。ひとを見る目がないので、どうにもすぐに相手を信用してしまう。困っちゃいますね。

その点、おツキのひとを見る目はばっちりです。

父はいわゆる双子でありまして、父によく似た、でも父でない、アナザー父がおられます。

背格好も声もそっくりですが、おツキに対する態度は正反対。アナザー父はむやみやたらに近寄って来ないし、至近距離まで顔を覗き込んでもきません。

おツキを抱く手つきは危なっかしく、首の座っていないおツキを持て余して、あたふた。抱き心地がよくないので、ぎゃーぴー泣くと、父が寄越せとばかりにおツキを抱き上げます。

「ほーら、ツキ。高い、高い、高ーい」

父は必殺の高い、高いを繰り出して、強引に泣き止ませます。

おツキがぴたりと泣き止むと、父はいかにも勝ち誇った顔をします。どやっ、てな感じ。

おツキが泣きじゃくったら、とりあえず高い、高いすれば泣き止むと父は思っているようですが、それはただの勘違い。

父がうっかり、つるっと手を滑らせて、おツキを落下させやしまいかと、内心ドキドキ、冷や冷やしており、おちおち泣く余裕などないのです。

だから、父。

こわいのよ、それ。

ただの高い、高いだけでも怖いのに、ソファに乗って踊ったりするな。

ずいぶん舞い上がってますが、ちょっとおちつけ。

父は歯医者さんだそうですが、歯の生えていないおツキには、歯を治療するらしい父のありがたみがさっぱりわかりません。

父はおツキのおむつを替え、ミルクを与える係。

抱っこすらまともにできないアナザー父は、おツキのおむつを替えてはくれません。

まともに働いていないアナザー父を小馬鹿にするように、父は言いました。

「ツキのおむつ代とミルク代を稼ぐために働いているようなものだよ」

父はおツキのおむつとミルク代を稼ぐために働いているそうですが、はて、父にはおむつはいらないのでしょうか。

「分院長になるんだっけ」

アナザー父は物静かで、嘘の誓約書に押印したり、舞い上がったりもしません。

「当面、給料は下がるけどね。独身のときは土、日勤務でもよかったけど、子供ができたらそうもいかない」

「だいじょうぶなの、そこの理事長」

「話の分かる、すげーいい人だよ。施設見学に行ったらすぐに分院長になりませんか、って誘われた」

「それで誓約書にハンコを捺したわけ？　誓約書の控えはないの？」

「そんなもんねーよ。大した内容じゃないので誓約書の控えは要らないよね、って言われたら、控えをくださいなんて言えないだろ」

「どんな内容だったわけ」

「近隣に開業しないとか、職場のスタッフに手を出さないとか、退職時は半年前に申し出るとか、そんなものだよ。ぜんぜん大した内容じゃない」

父はとある医療法人が新規に開業する歯科診療所の雇われ院長になる予定だそうですが、アナザー父は疑り深い目を向けました。

「施設見学に行ってすぐに誓約書にサインしろなんておかしくないか。なにも疑わず、捺すほうも捺すほうだけど、誓約書の控えがないというのは問題外」

「兄貴はまともに働いたことがないから、そんなこと言うんだ。グループの分院長を任されるんだぜ。こういうのは信頼が大事なんだよ」

「雇用契約書は交わしていないの？」

「そんなものない。提示された金額は最低保証で、そこから勤務年数、貢献度に応じて昇給していく流れらしい。先生の人柄を見込んでお誘いしました、だってさ」

父と違って、なかなかの苦労人であるアナザー父は渋い表情を浮かべていました。

人間関係のストレスから目を患って、ふつうに暮らすことさえ難しくなったそうです。まったく仕事ができなくなり、社会から落ちこぼれた経験があるため、おツキを見る眼差しはちょっと複雑です。

「この子、もう目は見えてるの？」

おツキのほっぺたをツンツンしながら、アナザー父が言いました。

「ぼんやり見えているみたいです。お兄さんをじいっと凝視しているから、おかしい、これは父じゃないって思っているんじゃないですかね」

殺伐とした空気を和ませるように、母がほんわかと言いました。

「子供が育つって凄いことだね」

しみじみ。アナザー父に家族はなく、おツキのような子供もいません。

「高等遊民様は最近、執筆の方はどうですか」

「ぜんぜん」

「食えないのは相変わらず？」

「目が見えて、本の読み書きができる。それだけで十分さ」

父はアナザー父を高等遊民と小馬鹿にしますが、それは双子なりの愛情の裏返しでもあるようです。陽の目を見ない原稿ばかり書いて、浪人生みたいな生活をしている兄を馬鹿にしていいのは俺だけ。見ず知らずのやつに兄を馬鹿にされるのはムカつくそうです。

「最近、夜泣きはどう？」

「相変わらずひどいです」

母は諦めたように言い、アナザー父が薄く笑いました。

「やっぱり『月』の一字が悪かったかな」

父と母は姓名判断なんぞを調べに調べ、生まれくる子供の名前を二つに絞りました。

惟織(いおり)、もしくは惟月(いつき)。

惟月という名前には、物事をよく考え、自分の意見をしっかり持てる人に。

静かに夜道を照らす月のように謙虚に、でもしっかりと人の役に立つ存在になるように、という意味合いが込められているそうです。

物事をあまり深く考えていない父が提案したとは思えない名前案でしたが、これはひょっとしてアナザー父の筆名から『月』の一文字を拝借したのでは、と思いました。

ペンネームとは本来の名前とは別の名だそうで、アナザー父にはもうひとつの名があるようです。そこに『月』の一文字があるそうな。

平素は高等遊民だなんだと馬鹿にするわりに、子に名付けるときにアナザー父譲りの月を入れちゃうんですね。無意識なのか、よく考えてのことなのか、おツキにはわかりません。

惟織という名前の由来はよく知りませんが、父と母はイオリかイツキかを決めかねていました。優柔不断なところが似たもの夫婦です。

イは共通なので、オリなのか、ツキなのかが問題なわけですが、どちらの名に反応するか、ある日は「オリくん」と呼びかけ、またある日は「ツキちゃん」と呼んでみる。どちらの名で呼んでも大泣きするので、別の日には「イッちゃん」と呼ばれもしました。

昼間はお澄ましくしているのに、夜になると激しく泣くものだから、母は不眠気味でした。

四月一日に生まれたものの、おツキにはしばらく決まった名前がありませんでした。

父と母は、オリなのか、ツキなのかを一向に決められず、見かねたアナザー父が助け舟を出してくれました。

「名前は決まったの?」

「俺は『月』が良いと思うんだけどさ」

父が歯切れ悪く言いました。父はツキ賛成派で、母はツキ反対派でした。

「将来、食えない物書きになりそうだもんな」

アナザー父が自嘲気味に笑いました。

母がツキ反対派なのは、将来を思ってのことではありません。

「名前に月なんてついたら、夜泣きがひどくなりそうって心配してるんだよ」

おツキが夜通しぎゃんぎゃん泣いていたのは、オリでもツキでもどっちだっていいから、早く決まった名前を付けて、と請うていたからです。生まれてから無名のまま、じりじりと時間ばかりが過ぎ、もうすぐ二週間が経とうとしていました。

「早く出生届を出せよ。出生十四日以内に出さないと、無戸籍の子供になる。法的に存在しない子供にするつもりか」

珍しくアナザー父が声を荒げました。

「分かってるよ。でも惟織か惟月かで迷っててさ。今だってぜんぜん寝ないのに、これ以上夜泣きがひどくなったら困るだろう」

「名前に月を付けたら、夜を支配する子になるんじゃない。夜泣きも収まるかも」

ツキかオリか論争に終止符を打ったのは、父でも母でもなく、アナザー父でした。

父と母は期限ぎりぎりで出生届を提出しました。アナザー父がいなければ、危うくおツキは法的に存在しない子供になるところでした。

——夜を統べる。

なかなか格好いい名前ではありませんか。

晴れておツキは月の眷属となりましたが、夜泣きはますますひどくなりました。

おツキに月の一文字を授けたアナザー父も、ちょっと当てが外れたかもな、という微妙な表情を浮かべております。

しかし、おツキが夜に大泣きするのはアナザー父のせいではありません。

おツキはしょせん、乳幼児。

なにか伝えたいことがあれば、必死に泣くしかないではありませんか。

母なる羊水に包まっているときは、この世にまだ魂が定着しておりません。ふらりと魂だけお出かけもできてしまいます。

母とは臍の緒でつながっていますが、父とはつながっていません。父はどんなひとなのだろうと興味を持ち、お空からこっそり覗いてみましたら、まあ、びっくり。

父は怪しげな誓約書にハンコを捺そうとしているのでした。しょーもな。

一度じゃ足りないので、二度言います。ほんと、しょーもな。

おツキが母のお腹を蹴り蹴りしても、逆子になってみても、嘘の日に生まれてきても、しょうもない父の愚行を止めることはできませんでした。

なんとかして警告を発しているのに、おツキはいたって無力です。

どうすれば父に危機を伝えることができるでしょう。

必殺の高い、高いを繰り出す父の顔面目がけて、げぼっ、とリバースしたこともあります。嘔吐。またの名をゲロ。お腹にあったものを戻してしまうことですが、時間を巻き戻して、なかったことにしたいのは別のこと。

「ツキに吐かれた。うわあ、最悪」

おツキの落とし物をまともに顔面に食らった父は当惑しておりました。母は同情めいた視線をくれたものの、特になにも言いません。

母は昼も夜も区別なく、毎日が寝ずの番ですから、たいへんお疲れのようです。母はおツキを抱きながら、こっくりこっくり舟を漕ぎ、はっとすぐさま顔をあげ、おツキがちゃんと息をしているかを確認するや、ほっと胸を撫で下ろすのです。

おツキは父の愚行が気がかりで眠るに眠れませんが、母もまた安眠できないようです。いっしょに住んではいないけれど、近くには住んでいるアナザー父が思い出したように訪ねてきて、母にだいたいいつも同じことを訊ねます。

「最近、夜泣きはどう?」

「相変わらずひどいです」

「そうか。やっぱり月の一字が悪かったかな」

母は諦めたように言い、アナザー父が申し訳なさそうな顔をする。おッキは何度この光景を見たか、よくわかりません。アナザー父はさりげなく母の様子も観察しており、母の眠りが浅いことを見抜いているようです。

アナザー父は、母がよく眠れないのはおツキが夜泣きするからと思っているようですが、おツキだって夜泣きをしたくてしているわけではありません。

おツキはおツキなりに警告しているのですが、いっしょに暮らしていないアナザー父はおツキの真意を汲み取ってはくれません。時折顔を出して、長居もせず、すぐ帰ってしまう。

アナザー父とはほんの短い触れ合いしかありません。夜に泊まっていくこともないので、おツキが夜泣きする現場に居合わせることもありませんし、しょうもない父のしょうもなさ加減も、さほどの問題事だと思われていないようです。

このところ父は帰宅が遅く、顔色も優れません。うとうとしているおツキを抱き上げて、「ちゅき、ぱぱでちゅよ。ちゅきはきょうもいいこにしてたかな」とやけに幼稚な赤ちゃん言葉を並べ、ぐいっと顔を近付け、息を吹きかけてくるのが帰宅後の儀式でしたが、ここ数日はそれもありません。ようやく眠りそうになっていたおツキを起こしてしまい、母に怒られることもありません。

父はさっぱり近寄ってこないし、至近距離まで顔を覗き込んでもきません。これではまるで父がアナザー父にすり替わってしまったようです。どうしたことでしょう、父がおかしい。馴れ馴れしくおツキに触れてこない父は、まるで父だと感じられません。

どうした、父。

まったく父らしくもない。

父が帰宅するたび、これは本物の父だろうか、それともアナザー父だろうか、と目を凝らしますが、いちおうは父のようです。でも、どこかがおかしいのです。これはおツキが知っている父ではない。どこが変なのだろう。悩むうち、いつもの父と目が違うのだと気がつきました。父の目の周りは赤く腫れていて、ぶつぶつしています。

父がかかったのはアデノという、とっても目がかゆくなるお病気です。

おツキも父からアデノをもらい、目がとってもしょぼしょぼします。かゆくて、かゆくて、どうしようもなく、ふええええん、と泣くしかできません。

「おツキ、どうしたの。目が痒そうだね」

久しぶりに会ったアナザー父が心配そうに言いました。

「アデノウイルスに罹ったみたいでさ」

「大丈夫なの？」

「ステロイドの目薬を差してる。一週間ぐらいで治るっぽい」

おツキが生まれてから三ヶ月ばかりが経ち、ようやく首も座ってきました。抱っこのへたくそなアナザー父に抱っこされていても、よほど苦しくなければ文句は言いません。

父とおツキの目がしょぼしょぼかゆいのは、父が怪しげな誓約書にハンコを捺したからに違いありません。そうだ、きっとそうに決まっています。父は大人だから泣かないけれど、おツキはただただ泣きじゃくるばかりです。

おツキは心のなかで、アナザー父にお願いしました。

父が捺してしまったハンコを、なんとかなかったことにしてくださいませ。なにもあげられるものがないので、父からもらったアデノをアナザー父にもおすそわけ。

父とおツキの目がすっかり治ると、アナザー父の目がかゆくなったようです。

父からおツキへ、それからアナザー父へ、はやり目をリレーしました。

アナザー父もアデノにかかったと聞き、おツキはちょっと満足です。

よろしく頼みましたよ、アナザー父。


母は、おツキをお世話する人を「つっぴー」と呼んでおります。

父と母は主要月人（メインつっぴー）で、アナザー父は希少月人（レアつっぴー）。

忘れた頃にふらりと現れるアナザー父はほとんど戦力に数えられておらず、おおよそのことは父と母がなんとかします。

メインつっぴーである父は、ここ最近、ずうっと絶不調。

どんより、どなどな、土気色でご帰宅です。

「……ただいま」

消え入りそうなか細い声は、どうにも父が発したものと思えません。

見るからに父が腑抜けており、家庭の空気が重たくてしかたありません。

元気のない父を、おツキは父と認識できません。

寄ってこない。

浮かれてない。

高い、高いしない。

これは父か父であるまいか、それが問題なのでありますが、おツキが愚考するまでもなく、非父三原則が揃ってしまいました。

もしもし、そこの父のようなひと。

どうして、そんなに元気がないのですか。

母は育児鬱かしら、なんて首をひねっていますが、おツキはすべてお見通しです。

ええ、わかりますとも。

母にも相談できないことなのですね。

情けなくて、アナザー父には口が裂けても相談できないことなのでしょう。

でも、父。

安心していただきたい。

おツキはこんなこともあろうかと思って、アナザー父に前もって伝達済みです。

なんといってもアデノを共有した、かゆい仲です。

ひとつ、よしなに取り計らってもらおうではありませんか。

「なにか悩んでいることがあるなら、お兄さんに相談してみたらいいんじゃない？」

どんよりと、だんまりな父を心配して、母がやんわりと言いました。

父は血相を変え、口から泡をふきながら怒ります。

「兄貴に相談？　まともに働いたこともない世捨て人になにを相談しろってんだ」

「ええ、でも……」

「頼むから余計なことは言わないでくれ。俺は疲れてるんだよ。毎日治療して、開業の準備もして、ツキの面倒も見なきゃならない。いつまでも勤務医じゃ、ツキを養っていけない。だから分院長になろうとしているんだ。俺の判断は間違ってない。そうだろ？」

父が捲し立てるように言い、母は悲しげに眉根を寄せました。

「ごめん。言い過ぎた。今、ちょっと余裕がなくて……」

父は平謝りすると、夕食もとらずに自室に引きこもってしまいました。いつになく父と母の仲が険悪になっていることは0歳児にだってわかります。

おツキは、馴れ馴れしく寄ってきて、阿呆のように浮かれていて、馬鹿のひとつ覚えのように高い、高いをする父が嫌いではありません。ぐったり疲れた顔をしながらも、おツキのおむつを替えてくれて、ミルクを与えてくれる父をどうして嫌いになれるでしょう。

でも、近頃の父はひとが変わってしまったかのようです。

「パパ、どうしちゃったのかしらね」

母はおツキをあやしながら、心配そうに言いました。

おツキがおしゃべりできるなら、「母、今こそ希少（レア）月人（つっぴー）を召喚すべきですぞ」と口添えたかったのですが、ただ泣くしかできない甘ちゃんであることが口惜しい。

おツキは夜通し、ぐずり続けました。

父は苛々しながら「月なんて、名付けるんじゃなかったのかな」と言いました。

ひょっとして、おツキは生まれてこなかったほうがよかったのでしょうか。

父の孕んだ不穏な空気が伝染して、おツキもどんどん気が滅入ってきました。

部屋は真っ暗。

夜を照らす光はありません。

おツキはただ、いつもの父に帰ってきてほしいと思いました。

でも、どうしたらいつもの父が帰ってきてくれるのでしょう。おツキにはどうすることもできず、ただただ夜を徹して泣き続けるしかありませんでした。


おツキが生まれてから、四カ月が過ぎました。

まだ寝がえりは打てず、ハイハイもできませんが、お座りならできます。

おツキは順調に育っておりますが、順調でないのは父のほう。仕事を終えて家に帰ってきても、すっかり火が消えたように憔悴しきっており、見る影もありません。

父の態度がおかしいので、家庭の空気もどんよりです。

母もおろおろ、心配そう。

おツキがかゆいかゆいアデノをおすそわけしていたアナザー父が久しぶりに訪ねてきました。アデノはすっかり快復したようで、目の周りに赤いぶつぶつはありません。

「おツキ、元気にしてたか?」

おツキのことをおツキと呼ぶのはアナザー父だけ。

いいえ、元気ではありません。そう言いたくて、ぶうたれていると、アナザー父はひょい、とおツキを膝に乗っけました。

寄ってこない。

浮かれてない。

高い、高いしない。

正しく非父三原則を守ってはおりますが、アナザー父にしてはめずらしい親密ぶりです。

おツキを見る目がとてつもなく優しくて、おツキはちょっと面食らってしまいます。

いつもと態度が違います。

父も父ですが、アナザー父もアナザー父です。

いったい、どうしてしまったのでしょう。

父とアナザー父は、ふだんの役割を交換するようにしたのでしょうか。

テーブルを挟んで向かい合って座る父とアナザー父は双子という対等な関係であるはずなのに、どうにもそうは見えません。うなだれた父はおむつにお漏らししたおツキのようで、アナザー父はばっちいおむつを履き替えさせてくれようとする父のようです。

「なにか飲まれます?」

母はとっつきにくいアナザー父に遠慮しいしい言いました。こそこそ陰で、「希少(レア)月人(つっぴー)」などと呼んでいることなど、おくびにも出しません。

「おかまいなく」

「あ、でも、紅茶とコーヒーでしたら、どちらが」

「では、コーヒーで」

母はなにかをしていないと落ち着かないのか、そそくさと台所へ逃げていきました。かちゃかちゃと飲み物を用意する音がしますが、準備中にこぼしてしまったのか、母の「あ……」という間の抜けた声が聞こえます。母もまた、動揺しているようです。

アナザー父はおツキに向けていた優しい視線を引っ込めると、父に刺すような視線を投げかけました。射殺すような目つきはとてもアデノが治ったばかりとは思えない迫力です。

「それで、今度はどんなトラブル？」

アナザー父が抑揚のない声で言いました。父は追い込まれると、どんどんしょんぼりしてしまいますが、アナザー父は修羅場になればなるほど冷静になるタイプのようです。

父を射抜くようにまっすぐに見据え、沸々と静かに怒っていて、うかつに逆らってはならない空気がひしひしと滲んでおります。

アナザー父の膝にちょこんと座ったおツキは、父とアナザー父の顔を交互に見比べました。父はかわいそうなぐらいに縮こまっていて、もうほとんど泣きそうです。ぼそぼそと話し始めたものの、おツキの耳に届かないほど小さな声です。

アナザー父はまったくの無表情で聞いております。おツキが理解するにはむずかしすぎる内容ばかりでしたが、これはおツキの一生を左右する問題だぞ、と思えば、どうにかして聞き遂げなければなりません。

全神経を集中して、ひと言も聞き漏らすまいと耳をそばだてました。始めはなにを話しているのかさっぱりでしたが、だんだん理解できるようになってきました。どうにも父がしでかしたのは、嘘っぱちの誓約書にハンコを捺しただけではないようです。

「見ず知らずの相手に、自分の命の次に大事な免許……」

アナザー父は言いかけて、途中で言い直しました。

「家族と自分の命の次に大事な歯科医師免許を会ってすぐの相手になんで預けるわけ？」

「施設の開業届けに必要だからって」

「そんなもの、コピーでいいはずだろ。原本を渡す必要あるの？　渡したのはいつ？　渡したのは歯科医師免許だけ？」

アナザー父が捲し立てると、父は亀のように縮こまりました。

「渡したのは五月末。歯科医師免許と保険医登録標、臨床研修修了書の原本を渡した」

「お前、バカなの？　それだけあればサラ金でカネを借りられるぜ。免許を返してもらえなければ別の診療所にも勤められない。人質に取られているようなものじゃん」

どうにも父は歯医者として働くために必要な書類一式をなんの疑いもなく預けてしまったようです。相手が悪意を持っていれば父は即座に身の破滅です。しょーもな。

「書類を渡したのは五月、今はもう八月だぜ。いつ返してくれるんだ？」

「いつ返してくれるんですか、って理事長に聞いてもはぐらかされるんだ。九月一日に開業する予定だったんだけど、仲介業者の手違いで施設の開業届けが受理されなかったらしい。開業日を一ヵ月後ろにずらすので、九月からの一ヵ月間は保険診療はせず、自費診療だけをこなしていただけますかって」

アナザー父は理解できない、とばかりに目を剥いた。

「診療所の開設許可がおりていない場所で診療をしろって言うの？　それは闇営業だろう。そんなの、歯科医師免許剥奪ものの違法行為じゃないのか」

「今のテナントは居抜き物件だから、いちおう診療所の箱はあるの。だから、診療をしても平気だって理事長が言ってて」

「それで問題が起こった場合に誰が責任を取るんだ？　全部お前のせいにされるぞ」

「俺も変だなと思ってたんだ。今の職場は土曜、日曜も勤務する不規則な勤務シフトなんだけど、ツキが生まれたから次の職場では土日を休みにしたかった。土日休みの条件で分院長の件を受けたのに、テナントは商業施設に入っていて土日の人出が多く稼ぎ時だから、土日も働いてくれって言われたんだ。それじゃ話が違う」

アナザー父に怒られると思ったのか、父がこそっと付け加えました。

案の定、アナザー父が怒りをぶちまけた。

「明らかにおかしいだろ。辞めちまえ、そんな所！」

「辞めたいのはやまやまなんだけど……」

父が歯切れ悪く言いました。アナザー父にぎろりと睨まれ、さっと横を向きます。

「まだ何かあるのか？」

「うん……」

「なんだよ」

「前に誓約書にサインしたって言ったでしょう。そこに、辞める場合は六カ月前に理事長に報告すること、破った場合は法人に与えた損害をすべて弁償する、って文言がある。だから半年間だけ働いて、それから辞めようかなって」

アナザー父は怒りを通り越し、呆れ顔でした。

「サインしたのは誓約書だけ？」

「そう」

「雇用契約書は？」

「ない。先生の治療技術と働きぶりをみてから具体的な契約を交わしましょうって」

怒っているのでしょう。ごめんなさい、アナザー父。

父はたぶん、悪気はなかったんです。

致命的にひとを見る目がないのと、おだてられるとすぐ舞い上がってしまうお調子者の性格ゆえ、あっさりハンコを捺してしまったのでしょう。それ以外にもいろいろやらかしてしまっているようですが、おツキにはもうなにがなんだかよくわかりません。

「誓約書に法的拘束力はない。双方が同意しており、社会的に妥当とされる限りにおいて、効力を発揮する。こんな一方的な条件に妥当性なんかないし、そもそも雇用されていないんだから、辞めるときは事前に報告もクソもないだろう」

「でも、サインしちゃったし」

「だから、それが無効だって言ってるんだ。職場の見学に行ってすぐに誓約書にサインしろ、なんておかしいだろう」

「それはちょっと思ったけど、そういうものかなって」

アナザー父に同情めいた視線を向けられました。おツキの心もどなどなです。

「働く前からヤバいと分かっているところに半年間だけ勤めるなんて正気じゃない。働き始めたら最後、辞めさせてもらえるわけない」

「それはそうだけど、でも俺が我慢すればいいことでしょう」

おツキのおむつ代とミルク代を稼ぐために、それに土日をお休みにするために、よかれと思ってやったこと。それなのに、こんなに裏目に出てしまい、双子の兄であるアナザー父に咎められ、父はついに泣き崩れてしまいました。

父がめそめそ泣くと、おツキだって泣いてしまいたくなります。

ねえ、アナザー父。

父は父なりに頑張ったのです。どうか、それだけはわかっていただきたい。

おツキもおツキなりに警告してきました。母のお腹を蹴り蹴りしました。逆子にもなってみました。嘘の日に生まれてきて、アナザー父にかゆいかゆいアデノをおすそわけしました。

なんども、なんども伝えたのに、ぜんぜんわかってくれなかったではないですか。

おツキは唇を尖らせて、うー、と唸り、アナザー父を睨みました。

「ごめんよ。おツキはずっと警告していてくれたんだね」

アナザー父はおツキを優しい眼差しで見つめ、包み込むように撫でてくれました。

父の顔を見るでもなく、ぽつりと言いました。

「お前さあ、おツキを可愛いと思えてる?」

父の返事はありません。だんまり。

「お前がおツキのために職場を変えようとしたのは素晴らしいことだけど、選んだ職場はまともじゃなかった。そんな所で働いたら、ぜったいに心を病むよ。おツキのためを思って働いているのに、おツキを可愛いと思えなくなってしまう」

アナザー父はなかなかの苦労人です。きっと心を病んだこともあるのでしょう。諭すような声音に、おツキならずも耳を傾けたことでしょう。

「おツキは賢い子だね。こんなに賢くて可愛い子を可愛いと思えなくなるほど、不幸なことはないんじゃないかな」

おっと、どうしましたかアナザー父。今は非常事態だからなのか、アナザー父はまったくくらしくもなくおツキを高々と抱き上げ、まっすぐに見つめました。

「おツキ、生まれてきてくれてありがとう。弟が壊れてしまう前に知らせてくれてよかった」

問題の収拾をはかるアナザー父の手並みは、それは見事なものでした。

代行業者の事務所に直接出向き、まずは人質となっている歯科医師免許その他の書類を取り返しました。弁護士を通じて就業の意思がないことを示し、損害賠償うんぬんといった恫喝をあっさり無効にさせました。

父が何カ月も悩んでいたことを一週間足らずで片付けてしまいました。

父は別のまともな職場に勤めることになり、土日もお休みになりました。

しばらくはアナザー父に頭が上がらず、神妙にしておりましたが、ほとぼりが冷めたら、もう元通りです。帰宅のたびにおツキを抱きしめ頬ずりします。それだけでは足りず、必殺の高い、高いを繰り出して幼稚な赤ちゃん言葉でしゃべりかけてきます。

「ちゅき、ぱぱでちゅよ。ちゅきはきょうもかわいいね」

父、でれでれ。

憑き物が落ちたように、晴れやかな声で言いました。

これはおツキが知っている父です。慎み深い父など、気色が悪いだけ。

しょうもない父のしでかした不始末をアナザー父がきれいに尻拭いしてくださいました。

父は昼の守り人であり、アナザー父は夜の守護神です。

アナザー父の原稿が陽の目を浴びてしまったら、きっと目も回るぐらいに忙しくなって、おツキの夜を守ってくれなくなるでしょう。でも、しょーもな父だけではおツキは不安です。将来、きっとおツキは夜道を照らす月になりますから、せめておツキが一本立ちするまでは、アナザー父には付かず離れずの距離にいてほしいのです。べったり近くにいなくたっていい。もう少しだけお付き合いくださいな。

あいにく、おツキはまだ上手におしゃべりができません。特別な感謝を伝えたいけれど、0歳児は言葉らしい言葉を操れません。

夜泣きをせず、幸せな寝顔を見せるぐらいしかできません。

夜を統べ、眠りの世界を滑ってゆく。

憂いはなにもなく、よーく眠れます。

おやすみなさい、それとありがとう、アナザー父。

すやすや。

高い、高いはしてくれなくていいからね。

# ものがたりの家

おツキはしらすがすきです。かぼちゃもすき。

緑色のこまつなはきらい。

生後半年のおツキは哺乳瓶のミルクのほか、りにゅうしょくも食べるようになりました。

しらすと色がそっくりなので、白いお米は喜んで食べてあげます。

でも、緑色のこまつなを見たら、おツキはぷいっと顔をそむけます。

「月、小松菜も食べてよ」

こまつなを食べないと、母が困った顔をします。

こまった母はスプーンをカチャカチャさせて、白と緑が半分ずつになったぐちゃぐちゃを食べさせようといたします。

しらすはすき。

こまつなはきらい。

すきなものだけ食べたくて、でも、きらいなものまでお口に入ってきてしまいます。

うう、すきなのに、きらい。

おツキがなんとも言えない顔をすると、母はしてやったりの表情です。

どうしてもこまつなを食べさせようなんて、こまった母ですね。しょーもな。

すきなものに、きらいなものがまざると、なんかきらい。

おツキはそんなにおバカさんではありませんから、白に緑が混ざっていたら、ちょっぴりけいかいいたします。白いところだけたべたい。でも、ついでに緑もたべてしまいます。

うう、すきなのに、きらい。

母はすきだけど、すきなものにきらいなものをまぜる母はきらい。

母がスプーンをカチャカチャさせて、白となにかをまぜまぜしました。

母よ、緑を白で隠そうとする手はもうおみとおし。

そうそうなんどもだまされてはあげません。
「月、あーん」
いわれるがままに食べてはやりません。
おツキはじいっと、まぜまぜの色をぎょうしいたします。
緑……じゃ、ない。
おっと、これはどういうことでしょう。
黄色に白がまざっておりました。
もしや母よ、かぼちゃにしらすをまぜたのですか。
それとも母よ、かぼちゃにお米をまぜたのですか。
どっちにしたって、すきにすきをまぜたのでしょう。
そんなの、すきに決まっています。
おツキは母のスプーンを持つ手をたぐりよせ、はやくよこせ、と急かします。
「月、そんなに慌てないで。こぼしちゃう」
おツキはしらすがすきです。
かぼちゃもすき。

すきなものに、すきなものがまざると、もっとすき。

母よ、もっとです。

もっと、もっと、これを。

おツキはテーブルをばしばし叩いて、母にようきゅういたします。

「月、小松菜も食べてよ」

母、にがわらい。

ざんねんですが、それはできないおやくそく。

おツキはしらすがすきなのです。

し、ら、す。

し、ら、す、を、もっと。

「月はシラスが好きねえ」

しょうがないなあ、と言いながら、母はよだれまみれのおツキの口のまわりをふきふきしました。

おツキはしらすがすきですが。

しらすばかりくれる母もすき。

おツキがしらすにむちゅうになっていると、父がご帰宅いたしました。

玄関の扉が開けられる前に、足音と気配でわかります。

おツキがぴくん、と反応し、ぐりんと玄関のほうへ顔を向けます。

「あら、パパが帰ってきたわね」

母に抱っこされ、おツキは父のおでむかえ。

食べかけのしらすに心残りがありますが、これもおツキのおつとめです。

おツキのおむつ代とミルク代を稼ぐために働いてきた父をしっかりねぎらってやらねば、いつまた無職になってしまうやもしれません。

アナザー父いはく、子供のころの父はだいぶ不思議ちゃんであったそうな。

めったに親にほめられなかったため、自己評価は低く、承認欲求ばかりが高くなり、それがゆえにちょっとほめられただけで、ころっとだまされてしまうそうな。しょーもな。

父がどこぞの歯科医院の分院長になる、と有頂天であったのが、ついこの前のこと。

どうにもあやうい気配がぷんぷんしておりまして、おツキとアナザー父のみごとな連係によりことなきをえましたが、晴れて父は無職になりました。

無職とは、色のないむしょくではなく、おツキのおむつ代もミルク代も稼げなくなることを意味するようです。それはなんとこまったことでしょう。しょーもな。

一度じゃ足りないので、二度言います。ほんと、しょーもな。

父は無職を脱するため、転職活動をはじめましたが、ひとの見る目のない父のこと。またもおかしな分院長話に乗っからんとも限りません。

もういっそのこと、アナザー父に転職のお世話もしてほしいのですが、父は案外あっさりと次の職場を決めてまいりました。

歯医者の資格があると、さして働き口には困らないそうな。

「ツキ、パパの職場が決まったぞ」

転職活動がうまくいくと、父はおツキを抱き上げて、必殺の高い、高いを繰り出しました。

「ほーら、ツキ。高い、高ーい」

だから、父。

こわいのよ、それ。

ただの高い、高いだけでも怖いのに、ソファに乗って踊ったりするな。

ずいぶん舞い上がってますが、ちょっとおちつけ。

おツキがきぐしたように、またも分院長待遇なようです。

でも、おツキは父の選球眼がしんじられません。

なんといっても前科があります。

父よ、ほんとうにだいじょうぶですか。

ほんとに、ほんとのほんとに、だいじょうぶなのですか。

またもなにかしらトラブって、またもやアナザー父を召喚せねばならない事態になってごらんなさい。もう二度と立ち直れなくなって、永遠に無職になってしまいかねません。

先見の明のあるアナザー父に相談したいけれど、あちらはなんといっても希少(レア)月人(つっぴー)。

母はおツキをお世話する人を「つっぴー」と呼んでおりますが、メインつっぴーである父と違って、アナザー父はいつもいつも姿を現すわけではありません。

本日ご帰宅されたのが父か、あるいは珍しくもアナザー父であるのか。

騒々しい足音と気配で、どちらかの判別はつきますが、玄関先にいたのはやはり父でありました。

なんだ、アナザー父ではないのですね。しょーもな。
おツキは父の顔をじいっと眺めます。
あなたは父でありましょうか。
それとも父のふりをしたアナザー父ではありますまいか。
ざんねん。
やはり、父のようです。しょーもな。
いったい、次はいつ来てくれるのですか、アナザー父。
よもやおツキのことをお忘れではあるまいか。
父は昼の守り人であり、アナザー父は夜の守護神です。
夜の脅威が薄らいでいるなら、べったり近くにいなくたっていい。
そうはいっても、アナザー父よ。
おツキのすきなしらすを持って、ふらりと訪ねてきてくれてもいいのですよ。
父の顔を眺めながら首を傾げていると、父が不満そうに言いました。
「ツキ、俺の顔を忘れてない？」
忘れているわけではありません。

確認していたのです。

いつもの父か、そうでないか。

「ちゅき、ただいま。ぱぱでちゅよ」

おツキを抱き上げ、父が頬ずりしてきます。

抱きしめる力が強かったので、よだれがだらっと出てしまいます。

父の顔がばっちくなりました。

「ツキ、その挨拶はないいんじゃない」

「先に手を洗ってくださいね」

「ごめーん」

やんわり母に注意され、父がいそいそと手を洗い始めました。

まったく、もう。

母の溜息が聞こえてきますが、おツキも心は同じ。

食べかけのしらすを中断させた罪は重いですよ、父。

きょうはじいの家に遊びに行きました。

おツキはきょろきょろ周囲を見回しますが、アナザー父はいないようです。

いるのは、じい、ばあ、父、母。

ともに歯科医師であるじいと父がお話していますが、おツキにはちんぷんかんぷんです。

つまらないので、おツキは真っ直ぐな箱型のものをかじります。

おツキはスマホをがじがじいたします。

リモコンも、がじがじ。

箱をかじると、うるさいばかりのテレビというやつが静かになります。

なので、がじがじ。がじがじ。

おツキにだって、お話したいことがあるのですが、おツキと話しができるのはアナザー父だけ。

アナザー父は静けさを愛しており、うるさい場所には現れません。

だから、テレビを消して。

スマホから流れる音楽も消して。

おツキがずうっとがじがじしていると、ようやくアナザー父が現れました。

「そんなの齧ったら汚いぞ、おツキ」

アナザー父がやんわりとスマホを取りあげました。

やあ、久しぶりですね、アナザー父。

ずっと会いたかったのですよ。

膝の上に乗せられた後、ぐるんと振り向いて、それがアナザー父であることを確認いたします。だいじょうぶ、これは父ではない。

おツキはアナザー父の筆名から『月』の一文字を賜りました。

不思議なことに、月の名を持つ者同士、無言のうちに会話ができてしまいます。

父が懲りもせず、分院長になってしまったことが不安なのですが。

理事長（ボス）が変な人間でなければ、そんなに心配はいらないと思うよ。

今回の転職先は真っ当であるらしく、アナザー父に警戒の色は見当たりません。

でも、アナザー父。

分院長というのはコンビニの店長さんみたいなものなのでしょう。

もっと売り上げをあげろ、とか、もっと働け、と命令されたら従うしかない。

生殺与奪の権を相手に握らせていることに違いはないではありませんか。

おツキが無言のうちに伝えると、アナザー父は黙ったまま汲み取ってくれました。

弟は組織の頭(トップ)になるような玉(タマ)じゃない。

安全な箱のなかで、のんびり気ままにやっているのが性に合うんだよ。

そうは言いますが、アナザー父。

万物は流転するもの。

そこが安全な箱であり続けるとは限らないでしょう。

父はご覧の通りのしょーもなで、組織の長になるような人間でないことはおツキにだってわかります。

それを承知の上でのお願いです。

どこの馬の骨とも知れない赤の他人が作った箱ではなく、おツキも安心してすやすや眠れるような安全な箱を用意してもらいたい。

アナザー父が用意してくれた箱なら、おツキも安心して眠れると思うのです。

おツキが思いの丈を伝えると、アナザー父が代弁してくれました。

「分院長も結構だけど、自分の城を持つ気はないの」

「城ってなんだよ。開業しろってことかよ」

世捨て人同然の小説家に人生設計を問われ、父はとたんに気分を害しました。

「今、世の中に歯医者がどれだけあると思ってんだ。コンビニより多いんだぜ。開業なんて博打だ。給料保証された上で、ゆるゆる診療している方が良いに決まってるだろう」

どうにも父は生殺与奪の権をほいほい他人にくれてやる生き方が好みのようです。

まともな話し合いにはなりそうもありません。しょーもな。

「俺に開業しろって言うなら、兄貴だって、自分で出版社を作ればいいじゃないか。ひとり出版社ってのがブームなんだろ。自分で書いて自分で売れば丸儲けじゃないか」

それとこれとは話が違うと思うのですが。

アナザー父の顔を見るまでもありませんが、あえて確認。

おツキと同じく、しょーもな、という表情を浮かべております。

「俺は親父の後を継ぐ気はないぜ。銀座は家賃が高過ぎる。いつも綱渡りじゃないか。俺はツキのミルク代とおむつ代を稼がなきゃならないんだよ。抱えるもののない兄貴と違って、俺はちゃんと働いているんだ」

散々な言いようですが、お忘れですか。抱えるものがないアナザー父であるからこそ、父がドッボに嵌まったとき、機動的に助けることができたのですよ。アナザー父がいろんなものを抱えていて、お前のことなんて知らねえよ、自分の尻ぐらい自分で拭けよ、と見捨てたら、自力で解決できましたか。

銀座でひとり歯医者さんをしているじいは、のほほんと唐揚げを食べております。兄弟の言い争いには参戦しない様子です。しょーもな。

どうにもおツキには父とじいが同じ種類の人間に映ります。

組織の頭になるような玉ではなく、ゆるゆる、のんびりが性に合うタイプ。ゆるゆる、のんびりが信条であるのに、無謀にもじいは日本でいちばん土地代の高い銀座に歯科医院を構えたものだから、経営は火の車なのだとか。

今月の家賃どうしよう、がじいの口癖で、それを間近に見ている父は誰にも増して開業に及び腰のようです。銀座の診療所を継ぐ気はさらさらなく、一生雇われで良いそうな。

アナザー父はじいの助手をしながら、こつこつ小説を書いていたそうな。

一円にもならない小説を書き上げては大手出版社が主催する新人賞に応募した。

どれほどの力作を送っても、ことごとく落選。

文芸の賞に応募すれば、ライトノベルっぽいと言われ。

ライトノベルの賞に応募すれば、地の文が多過ぎる、もっと会話主体に、と言われ。

エンタメの賞に応募すれば、盛り上がりに欠ける、と言われ。

ファンタジーの賞に応募すれば、既視感がある、と言われ。

本格ミステリーの賞に応募すれば、トリックの細部が甘い、犯罪の実現性に疑問が残る、と言われ。

筆の早さと筆力は認められつつも、編集者には、何かが足りないんですよね、と言われ。

百六回落ち、百七回落ちて、落選の数が煩悩の数に達そうとした。

揚げ足取りばかりの新人賞に嫌気が差し、なんの期待もせず、ネット上に小説を公開したところ、図らずもネット小説大賞を受賞し、小説家デビューが決定。

陽の目を浴びない投稿生活が終わったかと思いきや、ネット小説上がりと馬鹿にされる。

どうにもアナザー父は、正当に評価されない星の下に生まれついたらしい。

新人賞に落選するのはどんな気分か、アナザー父に訊ねたことはないけれど、自作はどれも我が子のように愛おしく思えるという。

子煩悩な父は「ツキになにかあったら生きていけない」などと言いますが、それを言うならば、アナザー父は我が子を百六回も百七回も殺されているのです。

おツキの分身たちが見る目のない凡庸な選者にぎたぎたに切り刻まれる。

それこそ、身を切られるような思いだったでしょう。

アナザー父のおツキを見る目がとてつもなく優しいのは、おツキもまた無限の可能性を持った物語のひとつであるから。

百七の絶望と、たったいちどの幸運を知るアナザー父は、孤独が友達。

誰に認められなくたって、書くのをやめなかった。

誰に褒められなくたって、ただひたすら書き続けた。

受賞を機に掌を返すものがいても、態度はこれっぽっちも変わらない。

アナザー父は誰かに認められたいと思ったことはないのですか。

心の内にそう訊ねると、こんな答えがありました。

おツキが大きくなって字が読めるようになったとき、けっこういい小説書いてるじゃん、と思ってくれたら、それでいいよ。

アナザー父にとっておツキは百九番目の我が子なのでしょう。

おツキもアナザー父の小説を読めるのを楽しみにしております。

ですからね。

おツキのために物語の世界に浸れる箱を作ってくださいな。

いい、いい、いい、ものがたりの家。

それから。

ついででいいので、父のための診療所も作ってください。

バカ高い家賃の銀座でもなく、誰とも知らない他人の箱でもない。

おツキがよく知るアナザー父の作るお城なら、きっと安心です。

くれぐれも、よろしく頼みましたよ、アナザー父。

なんとかしてくれないと、おツキにも考えがあります。

緑のこまつなばかり食べさせて、こまらせてやりますよ。

# 月と梟歯科

おツキは歯医者さんを作ります。
おツキの、おツキとアナザー父による、おツキの父のための歯科医院。
あくまでも、ものがたりの家のつ、い、で、ですがね。
歯の生えていないおツキには歯医者さんなど必要ありませんが、しょうもなき父が
いずれ独立する日のため、安心で安全な箱を作っておかねばならぬのです。
むろん、父はいつまでも、どこぞの分院長をしていたっていいのですよ。
ですがね、父。
俺はツキのおむつ代とミルク代を稼ぐために働いているんだよ、という逃げ口上が
いつまでも通用すると思いなさるな。

いずれおツキはおむつはいらなくなるでしょう。

それにおツキはミルクよりもしらすがすき。

おむつ代が不要となれば、父はなんと言うおつもりか。

俺はツキのしらす代を稼ぐために働いているんだよ。

じつにけっこうですが、たぶんだれもほめてはくれますまい。

だれもほめてくれなくなれば、承認欲求が高い、高ーい、父のこと。

きっと仕事がいやになり、こき使われるばかりの分院長なんてやっていられるかと投げやりになって、母の知らぬ間に無職になるのでしょう。

ちょっと仕事辞めてきた。

事前に相談なく、あっさり結論だけを伝え、あっけなく家庭が崩壊するのです。

おツキはまるで見てきたように語りますが、これは二年後、三年後を見越したアナザー父の将来予測。

あまりにおっかなくて、おツキはおちおち夜も眠れません。

もうしらすは食べられないのですか。

まいにち、こまつなばかりになるのですか。

こまります。

こまつなばかりはこまります。

おツキはそんなしょーもなき未来は望みません。

ですので、父。

父がいつ無職になってもいいよう、おツキがちゃんと受け皿を用意しておいてあげましょう。

歯医者さんの名前はもう決めてあります。

月と梟(ふくろう)歯科。

どうですか、素敵でしょう。

ほめてくれなくていいですよ。

子の心、親知らず。

おツキの胸のうちは、そのうちアナザー父が小説にしてくれるでしょう。

フィクションだと思ってくれてかまいません。

ふつうの0歳児に私小説なんて書けやしませんもの。

兄のやつ、またしょうもない小説を書きやがって、と怒りますか。

小説の題名はもう決まっています。
しょーもな記。
曲木賞受賞後、第一作です。
直木賞なら知っているが、曲木賞なんて知らないですって。
それはそうでしょう。
だって、曲木賞はおツキがアナザー父に与えた私的な賞ですもの。

# 曲木賞

おツキは保育園でびぃいたしました。

ずっとおツキに付きっきりであった母が週に二日ほど働くことになりまして、父も日中働いておりますから、おツキは保育園という壁の中に入所することに相成りました。

わざわざ保育園に預けなくてもいいんじゃない、とアナザー父が助け舟を出してくれましたが、おツキが生まれてまもなく父が無職になった恐怖が母を駆り立ててのこと。いざというときには私が家計を支えます、と返されては、アナザー父はたじたじです。

「なんなら兄貴がツキの面倒を見てくれたっていいんだぜ」

「それは無理。なにかあった時に対処ができない」

父からおツキのお世話係を押し付けられかけたアナザー父は丁重に断りました。

頼む側のくせに、父がぶつくさ言っております。

「家で原稿書いてるだけだろ。週に二日ぐらい面倒みてくれよ」

ドツボに嵌まっていない父は強気で、アナザー父に対して遠慮がありません。

父のしょーもないトラブルをまるっとお世話してもらった感謝はどこへやらです。

「緊急連絡先に書いといていいか」

「いいけど」

おツキにもしものことがあり、父にも母にも連絡がつかない。

そんな緊急の折、第二の連絡先はじいとばあ。

じいにもばあにも繋がらなければ、第三の連絡先がアナザー父。

ここでもアナザー父は第三の男。

さすがは希少（レア）月人（つっぴー）。

めったなことでは人前に現れないようです。

もしもし。

もしもとはなんのことですか。

おツキにどんなもしもがあるのでしょう。

望むと望まざるとにかかわらず、保育園送りになってしまったおツキですが、おツキなりに悩みがあるのです。

保育園という壁の中には、おツキとおなじ年頃のお子達がおりました。

お子達はみな、おツキよりもすこしばかり大きい。

それはさておき。

おどろいたのは、そんなことではありません。

なんということでしょう。

どの子もまっすぐに立って歩いているではありませんか。

まっすぐ立てないのはおツキだけ。

それどころか、おツキはじょうずにハイハイさえできません。

よもやよもやです。

どうして、おツキだけが立ち上がれないのでしょう。

おツキだって立ちたい。

園内をぱたぱた歩いているのがうらやましくてしかたありません。

なぜおツキだけ立てないのか、アナザー父に質問いたしました。

どうにも四月一日生まれというのがハンデであるそうで、早生まれのせいで発育が周りより遅れているだけだから気にしなくていい、と言われました。

はてな、早く生まれると、発育が遅れるのですか。

ちょっと意味がわかりません。

おツキだけが立てず、歩けずなのは、おツキがしょーもな、なのではなく、しょーがなきことなのだと、アナザー父が頭をなでなでしながらなぐさめてくれました。

そうは言っても、おツキだけ地を這いつくばっているのはおもしろくありません。

しょーがなきこの世界を祝福する気にもなりません。

おツキだって立ちたい。

すくっと、まっすぐに立ちたいのです。

この気持ちをわかってもらえるのは、きっとアナザー父だけです。

作家として一本立ちしている、とは見なされていない半端な立場に、アナザー父も内心、面白く思っているはずもありませんもの。

先頃、アナザー父はそれとなく父に「月と梟（ふくろう）歯科」の計画を伝えました。

おツキとアナザー父の合作たるネーミングを父はくさしました。

「なんだよ、そのファンタジーな名前。月は分かるとして、どっからフクロウが出てくるんだよ。あり得ねえ、却下」

ろくに聞く耳さえ持ちません。

反応は予測済みだったのか、アナザー父が歯科医師向けの建前を口にします。

「歯医者は口の中を見れば、育児放棄（ネグレクト）や虐待の兆候を見抜けるだろう。地域や親族との交流がなく、孤立した保護者の第一発見者にもなり得る。生活や育児に不安を抱えた親の異変を敏感に察知することが巡り巡って地域に貢献することになる。なにもなく平穏であるのがいちばんだけど、異変があればきちんと気づく〝目〟となり、子供の健康を守る砦たらん、という意味を込めて、夜警の梟を想像した。それで、月と梟歯科」

深遠な意味がこもっていそうなことを匂わすと、父もちょっとだけ耳を傾けました。

「分からんでもないけど。実際問題として虐待の兆候を見つけても通報なんてできねえよ。家庭に介入することになるし、センシティブな問題だからな」

話はそれっきりとなりましたが、感触はそう悪いものではありません。

地域の健康を守るだとか、そういうのはすべて建前。

本音はもっと個人的で、繊細です。

どうしてアナザー父が月と梟歯科と名付けたのか。

おツキだけはその真意を知っています。

作家志望時代のアナザー父が銀座の歯科医院で、じいの助手をしていた日のこと。

とある著名な作家がアナザー父の書いた歯科医院紹介文を読み、訪ねてきました。

真っ直ぐな木で賞だか、直木賞だか、とにかくそんな賞を夫婦でもらったすごい小説家で、賞とは無縁のアナザー父にはぜったいに届かない雲の上の存在なのだとか。

その作家はアナザー父のことなどこれっぽっちも知りませんでしたが、インターネットの海に埋もれた数多ある記事から、アナザー父の書いた文章に辿りつきました。

一読して、業者任せの血の通わない文章とは毛並みが違ったそうです。

じいの専門は「補綴（ほてつ）」というそうですが、診療などそっちのけで、一時間も二時間もおしゃべりが続いたそうな。

「補綴なんて言葉、はじめて聞いたよ。そう、作家志望なの。文章で身を立てるのはほんとうに大変でね。新人賞は運だから、諦めずに書き続けることだね」

小説の新人賞に百六回落ち、百七回落ち、落選続きで心が折れかかっている途上で、図らずも真っ直ぐな木で賞作家に見つけてもらえた。べつに小説を認めてもらえたわけでなし、それでデビューに近付けるわけでもなんでもなかったけれど、案外、自分の文章は捨てたものではないのかも、と思え、ぽっきり折れかかっていた心が真っ直ぐに戻ったそうな。

残念なことにその先生はほどなくして体調を崩され、お亡くなりになりました。残された妻もまた作家で、喪失の悲しみをエッセイに綴り、『月夜の森の梟』という一冊の本が生まれました。

おツキもその本を見ましたが、寂しくて、悲しいぐらいに美しい本でした。表立って交流ともいえない、ほんのささやかな邂逅ではあったけれど、アナザー父もまたその本に感銘を受けたのです。

だから、その本の最初と最後の言葉を借り受けた。

それで、月と梟歯科。

夜空を照らす月となり、地域の心の健康を守る夜警の梟となってくれたらいい。

たぶん、そういう願いを込めて。

情緒に欠ける父にわかるはずもない名の由来ですし、表立って言うことでもない。

これはおツキとアナザー父だけが知っている、秘めやかな内緒話としておきましょう。

それにしても、直木のなにがすごいのか、おツキにはさっぱりです。

茶色い川で賞と、真っ直ぐな木で賞は、文学の世界ではとても有名なのだとか。

しかして、賞という賞と縁のないアナザー父のこと。

だあれもアナザー父を表彰してあげないのもふびんですから、アナザー父にはおツキが曲がった木で賞をあげましょう。

ぱんぱか、ぱーん。

おめでとう、アナザー父。

きょうからあなたは世界でゆいいつの曲木賞作家です。

曲木賞。

まげきしょう。

まがりきしょう。

まがったきでしょう。

まがりき、まがったきでしょう。

トロフィーはありません。
曲がった木は自分で拾ってきてね。
かしこ。

# だいふく

おツキはだいいふくにきょうみしんしんです。

白くて、まんまるで、こなこなした粉のかかった、おツキのほっぺみたいにぷにぷにした、それこそがだいふく。

おツキはアナザー父の英才教育を受けておりますから。

だいふくの漢字だって知っています。

大きい福、と書いて、大福。

げにふくふくなるかな、だいふくや。

母はだいふくに目がありません。

だいふくがだいこうぶつ。

なにはなくとも、だいふくさえあればいい。

母は週に二日ばかりおしごとにでかけますが、ごほうびにだいふくを買って帰ります。

母はだいふくやさんではたらいているのでしょうか。

それとも、だいふくをつくっているのでしょうか。

はたまた、だいふくをおとどけするのでしょうか。

母がどんなおしごとをしているのか、おツキにはしるよしもありませんが、母にとって、だいふくはとくべつなそんざいであることならわかります。

おツキのりにゅうしょくを用意している母は、だいふくをちらちら。

「はあ、だいふく……」

うっとりした声でつぶやきます。

母よ、だいふくとはそんなにおいしいものなのですか。

おツキのしょくじよりもだいじなものなのですか。

父はまだおしごとで、おうちにいるのは母とおツキだけ。

母はスプーンをカチャカチャさせ、おツキのりにゅうしょくをつくっておりますが、母の意識はぐちゃぐちゃで、だいふくばかりに目がいきます。

そんなに、そおんなに、だいふくがだいじですか。

おツキがいつ見ても、母はなんともおいしそうにだいふくをめしあがります。

だいふくを、はむはむ。

ほんじつのだいふくはまだですが、きっと母はもうあたまのなかでだいふくをはむはむしていることでしょう。りにゅうしょくをつくる手がおろそかになっております。

すきあり。

おツキは母の目をぬすんで、だいふくに手をのばします。

ですが、だいふくに目のない母の目はごまかせません。

「だーめ。月にはまだ早い」

目の前のだいふくをひょいととりあげられてしまいました。

ああ、だいふく。

そなたはいったい、どんな味がするのでしょう。

ずるいです、母よ。

おツキだって、だいふくを食したい。

母ばかりだいふくをひとりじめなんて、おうぼうだ。

おツキはテーブルをばしばし叩いて反抗いたします。
おツキにもだいふくを。
だ、い、ふ、く。
だ、い、ふ、く。
おツキがじたばたあばれたので、母の手からころりとだいふくが転がり落ちました。
ああ、だいふくがころころ。
「ただいまぁ。お迎えがないなあ。ちゅき、パパでちゅよ」
まのわるいことに、父のご帰宅です。
父、そこには。
べしゃり。
なんということでしょう。
父は母の命ともいうべき、だいじな、だいじなだいふくをふんづけてしまいました。
ぺしゃんこになってしまっただいふくは、もう丸くありません。
ひらべったく、うすーくなってしまいました。
「だいふく……」

母はすっかり涙声。

がっくり肩を落として、おツキにりにゅうしょくを与える元気もありません。

父よ、なんてことをするのですか。

不注意なその足で、大きな福をふみつぶしてしまったのですよ。

「ごめん、明日買ってくるから」

「だいふく……」

「あ、明日は遅番なんだ。お店、やってるかな」

「だいふく……」

よほどショックが大きかったのか、母はぺしゃんこのだいふくをじいっと眺めるばかり。

おツキにりにゅうしょくを与える気力もなく、緑のこまつなばかり食べさせられます。

しらすはすきですが、こまつなはきらい。

もしや、母よ。

だいふくのうらみなのですか。

「だいふく……」

母がめそめそ泣いていますが、泣きたいのはこっちです。
おツキもだいふくを食べたい。
こまつなはいや。
だいふく、だいふく、まあるいだいふくはどこですか。
おツキがぎゃんぎゃん泣くと、母もこまった顔。
「月、泣かないでよ。私も泣きたい」
涙に濡れた母の目には、もはやしらすとこまつなの区別もつかないのでしょう。
食べさせられるのは、こまつなばかり。
こまつなはいや。
こまつなはいやだと、なんどさけべばいいのですか。
いっこうに泣きやまぬおツキを見て、父がげんなりした表情を浮かべております。
「仕事から帰ってきて疲れてるんだけど」
しっかりなさい、父。
今、まさに、かていほうかいのききなのですよ。
だいふくを。

すぐにだいふくを、母とおツキに買ってくるのです。

でないと、ほんとに、かていがほうかいしてしまいます。

父はさぞやめんどうそうに、アナザー父に助けを求めました。

「兄貴、悪いんだけど、明日だいふくを買ってきてくれない」

あくる日、アナザー父もさぞやめんどうそうな顔で現れました。

傷心の母の手前、おツキはおちおち保育園なんぞに行っていられません。

だいふくほしさの微熱がありまして、お昼過ぎまで眠っておりました。

「買ってきた」

「だいふく！」

母はぺこぺことなんどもおじぎをいたしました。

だいふくとは、よほどのびみなのですね。

どれ、おツキにもひとつ。

おツキがだいふくに手をのばすと、母にひょいととりあげられました。

ひどい。

あんまりです、母。

おツキはじわりと目に涙を浮かべ、悲しみの川におぼれそうになります。
「だいふくは駄目なの。月にはまだ早い」
母はどうあっても、おツキにだいふくを食べさせまいとします。
どうして、そこまでこばむのでしょう。
おツキだって。
おツキだって、だいふくをたんのうしたいのです。
母のわからずや。
おツキはうらみがましく母をにらみます。
アナザー父はほほえましそうに、おツキと母のやり取りを見ておりました。
どうして笑っているのですか、アナザー父。
これはおツキにおおきな福がまいおりるか、いなかの、せとぎわなのですよ。
アナザー父はスプーンを手にし、りにゅうしょくをすくいました。
「ほら、おツキ。あーん。だいふくですよ」
だ、い、ふ、く？
ぱくり。

それは白くて、ぐちゃぐちゃで、まるでしらすのよう。
おいしい。
なんと、おいしいのですか。
だいふくを。
アナザー父よ、もっと、だいふくを。
「おいしいかい、おツキ。よく食べるね」
おツキは心ゆくまでだいふくをたんのういたしました。
まんぞくです。
なるほど。
母がだいふくを食べ、小躍りするのもわかります。
おいしいやつは、だいたいおなじ。
だいふくの道はしらすに通ず。
だいふくとは、しらすのことと見つけたり。

# せかい

おツキはつかまりだちをおぼえました。
かどばったそふぁのはしっこに手をかけ、へぇー、うぅー、とふんばります。
ひ、じ、よ、お、う、に、足が、ぷる、ぷる、いたし、ます、が。
お。
お、お。
お、お、おツキを、い、いつまでも、へにゃんとすわっているばかりのあかごだと、
みくびりますまいな。
お、おツキだって。
おツキだって、ひとりで立てるのですよ。

「おっ、もしかして立つんじゃね」

すまあとな箱をかまえた父は、おツキのゆうしをあますところなく撮影しております。

「しゅごいね、ちゅき。ひとりで立てたね」

この映像は、そくざにアナザー父にも共有されることでしょう。

そばで見られなくて、ざんねんでしたね。

せいきのいっしゅんでありましたのに。

えへん、えへん。

どんなものですか。

しっかり見ていますか、アナザー父。

おツキのかいきょを。

これはひとりのおツキにとってはちいさな一歩ですが、じんるいにとっては偉大な一歩でありましょう。

さあ、アナザー父よ。

えんりょはいりません。

曲木賞作家のひつりきをもってして、おツキのかいきょをじんるいに報じるのです。

いつだったか、おツキを笑いましたね。
ハイハイがへたくそだと。
おツキは這うよりさきに、立つのです。
ああ、なんと。
そふぁごしに見るせかいのうつくしきことか。
おツキの視界は、とおく、どこまでもとおく、みわたせます。
なるほど、せかいはひらべったい。
まあるいのは、だいふくだけ。
ゆかを這っているばかりでは、けっしてとうたつできない、あらたなちへい。
おツキは知ってしまいました。
せかいは、まるくない。
どこまでも茶色いゆかがつづいているのだと。
知っていましたか、アナザー父。
そふぁごしに見る、おどろきのこうけいを。
茶色きゆかを、まっすぐなせんがはしっております。

これが川というものですか。

ふふふ、おツキはわかってしまいましたよ。

せかいのしんじつを。

この茶色きゆかこそ、川。

茶色い川。

せかいのしんじつをみぬいた、ごくしょうすうに、茶色い川で賞が授けられるのでしょう。

でも、アナザー父にそんな賞は似合いません。

ちゃんと曲がった木は拾ってきましたか。

おツキにもトロフィーをくれたっていいですよ。

ひとりで立ちましたで賞。

あいにく、おツキはまだおしゃべりができませんので、じゅしょうのよろこびは、さけびに代えさせていただきます。

へぇーーー。

うぅ、うぅうーーー。

# にんげんいす

おツキには、おきにいりのいすがあります。

ひとりで立ちましたで賞をじゅしょうしたおツキを祝うため、じいとばあ、アナザー父がやってまいりました。

おツキは代わりばんこに抱っこされますが、それぞれのすわり心地がちがいます。

ばあは、ぶよぶよ。

ふくよかなお肉のせいで、浅くしかすわれません。

ばあの抱っこは心地よいですが、ひとつ問題があります。

ばあに抱っこされ、しょうめんに母の顔。

おかしい。

母がしょうめんにいる。
となれば、おツキはだれにすわっているのか。
しゅばっ。
はんしゃてきに、おツキはぐるりと首をまわします。
ばあは、母。
ではない。
おツキには父がふたりおりますが、母はふたりおりません。
母。

母はどこですか。
おツキは母をさがして、さんぜんり。
おツキはぎゃーぴー泣き出します。
おツキがぐずると、母がいすとなります。
これにて、いっけんらくちゃく。
はてさて。
おツキは、じいに抱っこされると大泣きします。

老後の資金はありませんが、肩も痛く、腰が痛いじいは、そろそろ歯科医師の引退も視野に入っているそうな。

生まれたては二キロ半でしたが、今はもう六キロを超えたおツキですから、抱っこすると、ちょっとずしっといたします。肩も痛くて腰も痛い、身体があちこち老朽化しているじいは、おツキを抱っこすると、表情がびみょうに歪みます。

眉間にちょっぴり線が刻まれ、それがおそろしく思えるのです。

じい、こわい。

こわい、こわい。

おツキが大泣きすると、代わってアナザー父がひょいと抱き寄せます。アナザー父のひざはちょうど良いすわり心地でありますから、おツキはぴたりと泣きやみます。

「ツキ、兄なら平気なワケ？」

父がふしぎそうに見ておりますが、いったいなにをふしぎがっているのでしょう。

父はおもしろはんぶんに、じっけんをはじめました。

父がおツキを抱っこ。へいき。

アナザー父がおツキを抱っこ。くるしうない。

じいがおツキを抱っこ。ぎゃん泣き。

「なんなの、ツキ。兄が抱っこすると、ドヤ顔するじゃん」

父が大笑いいたしますが、はて、どや顔とはどんな顔でございましょう。

どうにもおツキはアナザー父のひざの上にすわると、これはぼくのいすだぞ、とふんぞり返るようです。いわれてみればたしかにアナザー父はよいいすであります。

じいとばあのようにお腹がでっぱっていないから、ふかぶか座れます。

父のようにちょっかいを出してこないし、あんていかん、ばつぐん。

よき。

くるしうないですぞ、アナザー父。

曲木賞作家であるアナザー父は、そのなのとおり、まっすぐではありません。

せかいをななめに見る、斜(しゃ)にかまえたアナザー父ですが。

ひとりで立ちましたで賞に加え、茶色い川で賞候補にものみねーとされたおツキがすわるや、曲がった木がすっとまっすぐになります。

曲がった木あらため、真っ直ぐな木にふんぞり返るおツキは、まるでぶんごう。

文豪、おツキ。

アナザー父は賞という賞に縁のない御仁(ごじん)でありますから、真っ直ぐな木で賞とも縁がないでしょう。

ですので、アナザー父の果たせぬ夢をおツキがひきつぎましょう。

真っ直ぐな木で賞のひとつやふたつ。

おツキにはぞうさもないこと。

じいとばあ、それにアナザー父。

せっかくお集まりのことですから、おツキのりっぱな立ちすがたをごらんあれ。

「ひとりで立ってみるかい、おツキ」

アナザー父にささえてもらわずとも、けっこう。

おツキはもう、りっぱにひとりで立てるのですよ。

さあさ、ごらんあれ。

おツキはつかまりだちをひろういたします。

真っ直ぐな木のいすに手をかけ、へぇー、うぅー、とふんばります。

ひ、じ、よ、お、う、に、足が、ぷる、ぷる、いたし、ます、が。

ずるり。

おっと、いけません。
おツキの手がすべってしまいました。
ごちん。
おツキは真っ直ぐな木のいすに、あたまをしたたかにぶつけてしまいました。
目から、ひばながでました。
火花。
おツキは、おツキにしつぼうです。しょーもな。
あたまがじんじんします。
いたくて、いたくて。
おツキはせいだいに泣きわめきます。
やはり、おツキは月の眷属。
アナザー父どうよう、真っ直ぐな木で賞とは縁がないようです。
いりません。
おことわりです。
おツキは真っ直ぐな木で賞なんか、いりません。

それよりも、おツキのあたまのじんじんをなんとかしてください。
じゃないと、泣いちゃいます。
目に、じんわり涙。
おツキは悲しみの川でおぼれてしまいました。
へぇーーー。
うぅ、うぅうーーー。

# まぼろし

おツキの計画はまぼろしとなりました。

おツキの、おツキとアナザー父による、おツキの父のための歯科医院。

月と梟(ふくろう)歯科を建てるため、アナザー父は奔走してくださいました。

おツキの遊び場となるものたがりの家、父の職場となる歯科医院を合体させた建築案を建築士とともに練り。

歯科医院を開業するのによさそうな土地を探し。

おツキの教育にもよさそうな住環境が備わっているか、周辺を下見し。

銀行に掛け合って、返済プランをあれこれ相談し。

ありとあらゆることをアナザー父が段取りしてくれました。

しかし、この世はお金という尺度によってしか評価されないようです。

曲木賞作家とはいえ、定職のないアナザー父に社会的な信用はありません。

ものがたりの家と月と梟歯科を建てるためには、たくさんのお金が必要です。

銀行からお金を借りられるのは、定職のある父だけ。

さあ、父よ。

あとはハンコを捺すだけです。

おツキの計画は実現目前にまで迫っておりました。

しかし、しかしであります。

そこは、しょーもなき父。

どこぞの理事長に誑（たぶら）かされ、分院長就任の口車に乗り、怪しげな誓約書には軽々しくハンコを捺してしまえるのに、銀行の借り入れにハンコを捺す手はぷるぷる震えました。

「俺が経営に失敗したら、ツキを養っていけなくなる……」

父の顔面は真っ青です。

立会人として同席したアナザー父は焦れっぱなし。

アナザー父のひざに座るおツキも、父の狼狽ぶりを間近に見て思いました。

しょーもな。

父よ。

事ここに至って、そのような腹の括れなさはいかがなものか。

ここまで陰に陽に働いてくださったアナザー父の労を台無しにするおつもりか。

「億単位の借金はちょっと無謀だよな。半分ぐらいの計画に練り直さないか」

父が日和(ひよ)りました。

ここぞで決断できないのは、父の悪い癖。

「好きにしろよ」

おツキは申し訳なさでいっぱいで、アナザー父に顔向けできません。

父は許されたと思ったのか、ほっと胸を撫で下ろしました。

いそいそとハンコを仕舞います。

「家に持ち帰って、もういちど検討させてください」

そそくさと逃げるように銀行を後にしました。

アナザー父とおツキは顔を見合わせました。

互いの感想は同じ。

しょーもな。

月と梟歯科を建てる計画は頓挫し、この先も建てられることはないでしょう。

おツキの計画はまぼろしとなってしまいましたが、ものがたりの家構想は生きています。

歯科なんて、もういりません。

小説家だけが出入りできる、月と梟倶楽部を創ってください。

おツキが月で、アナザー父が夜警の梟。

しょーもなき父は追放です。

後から、俺も入れてくれ、と泣きついてきてもだめです。

しょーもなき行動を悔い改め。

しょーもな記として、ありのままを綴るのです。

さすれば、許してやらなくもありません。

しかして、承認欲求の高い、高ーい、父のこと。

こんなものは現実ではない。

曲木賞作家がこしらえた、しょうもない作り話だ、と言うでしょう。
しんじつを知るのは、おツキとアナザー父だけ。
そういうことにしておきます。
筆の早いアナザー父は、すでにしょーもな記を書き上げておりますけどね。
ふいに、アナザー父がぼやきました。
「書くには書いたけど、一冊の本にする分量が足りないんだよな」
アナザー父はおツキのあたまを優しくなでなでいたしました。
「月にまつわる物語を集めたアンソロジーにしないか、と提案されてる」
あんそろじー、とは。
複数の作家が特定のテーマで手掛けた作品をまとめた選集のこと。
なのだそうですが、おツキにはちんぷんかんぷんです。
おツキにまつわる物語をたくさん集めるのですか。
いいや、違う。
アナザー父が首を横に振りました。
おツキは月の象徴だから、他の物語には登場しない……ですって。

では、希少(レア)月人(つっぴー)は？

書き手が違うから、そもそも出る幕がない、と。

ふーん、そうですか。

おツキとアナザー父の物語は、ここで終わってしまうのですね。

よもやよもやです。

しょーもな。

# ものがたりは続く

おツキはまだ消えていません。

月と梟歯科の計画は消えてしまいましたが、おツキはアナザー父との物語を、しょーもなきままでは終わらせたくありません。

父は父。

父はしょーもなでありますが、それでも父なのです。

きっと父には父の考えがあったのでしょう。

借金というものを恐れる気持ちは、アナザー父には理解できません。

アナザー父は端(はな)から社会に信用されていないので、そもそもお金が借りれません。

曲がった木であり、身軽でもあるけれど、家には守るべきおツキはいない。

おツキのおむつ代とミルク代を稼ぎ、しらすを食べさせてくれるのは、しょーもなくとも父なのです。

父が路頭に迷えば、おツキも一蓮托生。

怪しげな誓約書にはほいほいハンコを捺し、借金の借り入れには日和ってハンコを捺せぬ父ですが、おツキを抱えて失敗はできないと考えたのなら、計画を白紙に戻した気持ちもわからぬでもありません。

おツキのおむつ代とミルク代を最優先しての決断だったのなら。

しょーもな、ではなく。

しょーがな、としておきましょう。

月と梟歯科。

おツキはたいそう心残りがありますが、アナザー父はどうですか。

真っ直ぐな木で賞作家が、じいの営む銀座の歯科医院を訪れたとき、二時間近く喋りっぱなしで、合間にこんなことを言ったそうです。

「こんなに長話していて平気かね。ここは歯医者らしくないのがいい。小説家と編集者しか来ない文学サロンみたいになってしまったらごめんね」

なんということのない発言にも聞こえますが、文学新人賞に百六回落ち、百七回落ちる、絶望の途上にあったアナザー父にとって、それは神の啓示に聞こえたそうな。

遺言とするにはおこがましいが、いつの日か、文学サロン併設の歯科医院を作れたらいい。

アナザー父はそんな思いで、月と梟歯科計画に邁進しておりましたようです。

そうでしたか、アナザー父。

でしたら、おツキにも考えがあります。

いっそのこと、じいの歯医者を月と梟歯科にしてしまいましょう。

待合室に祭壇を用意し、『月夜の森の梟』と『しょーもな記』を並べるのです。

傍らに、曲がった木を添えれば完璧です。

おツキはじいが苦手ですから、月と梟歯科には現れません。

希少（レア）月人（つっぴー）であるアナザー父も似たようなものでしょう。

必要なときだけそこにいて、ふだんは闇に紛れている。

さながら、夜警の梟のように。

まぼろしとなった計画は、まだ生きています。

物語を終わらせるのは、まだ早い。
どうですか、アナザー父。
しょーもな。
とは言わないでくださいね。
おツキは、まだまだ物語の世界に浸っていたい。
気が向いたらでいいので。
そのうち、物語の続きを書いてくださいね。
おツキが大きくなって字が読めるようになったとき、けっこういい小説書いてる
じゃん、と思わせてください。
楽しみにしておりますよ。

# 満月記

**満月記**

龍と息

黄金龍と三つ首の龍

意地っ張リオン、泣き虫シオン

神使と小説の神様

論より翔子

神域

特別な小説家

怒り、優しさ、憧れ

幻獣、ぼんじゅー
アクセルとブレーキ
同じだけど、違う
言葉は正確に伝えんとな
失望の先
取材前夜
楽しい夢を
繋がる世界
龍より翔子

今宵の満月は、一分の隙もなく、完全無欠にまんまるだった。

ことさら満月の丸さを強調せずとも、丸いから満月なのであって、丸くなければ満月ではないのだから、文章的には過剰な修飾であり、馬から落馬式の重複描写であることは重々承知している。

しかし、あえて、それほどに余計な描写を重ねた上で、物語を語り始めることにする。

なんといっても、ここは禁視嘘（キンミライ）。

特別な地位にある小説家以外、嘘（フィクション）の禁じられた世界であるのだから。

# 龍と息

白石翔子

龍土町(りゅうどちょう)の満月祭に誘われた白石翔子は、明らかに浮足立っていた。

地に足がついているようには見えず、ほとんど空中に浮かんでいるように見える。

バスケ部のマネージャーである翔子は、部員たちからショコ、ショコと気軽に話しかけられる気安い存在であり、誰に対しても分け隔てなく接している。

しかし、胸の内に秘めた密やかなる好意は、たった一人の同級生に寄せられている。

霧島シオン、漢字で書くと、霧島詩音。

有名女優を姉に持ち、姉に負けず劣らず綺麗な顔立ちをしている。虫も殺さぬ童顔でありながら、得意のロングシュートを次々に沈める凄腕の暗殺者(スナイパー)。いつもニコニコ笑っていて、とにかく声が可愛い。可愛いのに、格好いい。控えめに言って、奇跡。

夜、眠る前に姉のほっぺたにちゅっとキスして「おねえちゃん、だいすき」と耳元でささやくのが長らくの日課であったらしく、幼い頃より、ごくごく自然に女優の姉に英才教育を受けた賜物なのか、ふとした声にも色気が滲む。

声だけで世界に平和をもたらし、万人を幸福にせしめる天上の調べ。

本人にその自覚がないところが、なんとも罪深い。

「ショコちゃん、月が綺麗だね」

百戦錬磨の女優の姉でさえ、あっさりと腰砕けにする甘やかな声音が無防備な耳元を襲えば、一撃死（ノックアウト）は免れない。

溶ける。蕩（とろ）ける。翔子の頭のなかは、もうぐっちゃぐちゃだ。

「は？　あ、え、う、うん……」

月が綺麗だね、という言葉はそのままの意味で、どんな含意もなかったであろうにしても、一瞬、ドキッとした。

月明かりの下、ただでさえ実体を保てそうにもないのに、それに加えて今日は満月だ。

これ以上、この場に留まれば、憧れの人の前で正体を晒してしまう。

自分が人間じゃないことを知られるぐらいなら、死んだほうがマシだ。

煌々と輝く月明かりに照らされて、翔子の手指は、だんだんと蜃気楼のように揺らめき始めた。白地に赤い菱形模様をあしらった浴衣に隠れた太腿が、じわじわと色を失くしていき、薄ぼんやりしつつある。

そろそろ限界だった。人間の形を保っていられる限界は、もうすぐそこに迫っていた。どうして、今日がよりによって満月だったのだろう。

せめて半月や三日月であれば、まだもうしばらくは人間の形を保っていられたのに。月さえ消えてくれていたら、もっともっと長く同じ時間を過ごせたのに。

暗闇に浮かぶ、まんまるい月が憎くてたまらなかった。

黒々とした闇に溶けつつある手指を背中に隠しつつ、翔子は後ずさりした。

「シオン君、ごめんっ！　帰るっ！」

泣きながら駆けだすと、クリーム色の鼻緒にうさぎの刺繍がほどこされた草履が片方、脱げてしまった。お気に入りの草履だったが、振り返るに振り返れなかった。

さすがに、もう限界だった。指どころか手が、そして足が、たぶん胴体、さらには顔までが消えつつあるのが、しっかりと自覚できた。

厳密には人間ではない翔子は、月明かりの下では人間としての形を保てない。

人波を縫うように全力で走り、祭りの喧騒を逃れた。

無人の境内に駆け込むと、着ていたはずの浴衣が手水場近くに脱げ落ちていた。

完全に闇に溶け込んだ翔子は、もう浴衣を拾うことさえ叶わない。

「危なかった。危なかった。あー、死ぬかと思った」

人っ子ひとりいない境内で、翔子の声だけが響く。

翔子が落ち着かない心を必死に整えていると、ふわふわした綿あめが空を飛んでいた。

「ちょっと、見てたの？」

実態を失くした翔子が空飛ぶ綿あめを睨みつけた。微かな咀嚼音とともに綿あめの質量は減り続けるが、綿あめはなにも答えない。ごっくん、と嚥下された綿あめが消失すると、狛犬の彫刻近くに割り箸がころりと落ちた。

「隣で聞いてました。完全に溶けかかってましたね、ショコ先輩」

「うるさい、さっさと出てきなさいよ」

「はーい」

手水場で、ぱちゃぱちゃと水音がする。苔むした石像の龍がちょろちょろと水を吐き出す。

泡の波紋がだんだんと形を成し、限りなく透明に近い妖精ハルが姿を現した。

蜃気楼のように消えかかっていた翔子もじわじわと自律復旧した。

「あー、もうほんとうに死ぬかと思った」

「死ぬというより、溶けてましたよ」

「うるさい、うるさい、うるさいっ！」

本殿の階段にどっかりと腰を下ろした翔子がひとしきり毒づいている。

せっかくいい雰囲気だったのに、満月の馬鹿野郎が、と泣く泣く訴えている。

翔子とハルは、普段は人間の形を保っているが、どちらも人間ではない。

翔子は、龍になり損ねた「息(ソク)」であり、元々は龍の吐き出した息(いき)である。

ハルは、龍の住まう神域に生じた「泡(あわ)」である。今は神使(しんし)として神に仕えている。

宋代に著された『爾雅翼(じがよく)』という書によれば、龍は「角は鹿、頭は駱駝(らくだ)、眼は鬼、頸(くび)は蛇、腹は蜃(しん)、鱗(うろこ)は鯉、爪は鷹、手は虎、耳は牛に似ている」と記されている。

蜃は、蜃気楼を発生させるという伝説上の生物で、これ自体が龍の姿で描かれることもあり、龍の吐く息が「蜃気楼(ミラージュ)」即ち「息(ソク)」となる、という説もある。

龍は水の神であり、水の霊獣である。

力の源泉である水を失ってしまえば蟻にすら勝てないが、水さえあれば変幻自在。小さくなろうと思えば虫けらほどになれるし、大きくなろう思えば天地を包み込むほどの大きさになれる。

高く上れば天上の雲を突き抜け、低く下がれば深い泉に身を沈める。

しかし龍にせよ、龍の落胤である息にせよ、空想上の存在であることに変わりはない。特別な小説家以外、嘘の禁じられた世界にあって、龍は龍のままで存在してはならない。

在龍資格が認められるのは、神社仏閣に彫刻や絵として祀られる場合に限られる。ゆえに龍と息は、仮初めの姿として人間の形態を保持するのが習わしだ。

たとえ中身が龍であれ、表面的に人の形をしていれば不問に付される。

しかし月の光は、特に今宵のような満月は、龍の本性を露わにする。息とて同じ。

せっかくお祭りに誘ったくれたのに、目の前で蜃気楼のように消え失せてしまったら、いったいどう思うだろう。

これまでに築いてきた関係性が水泡に帰すだろうことは想像に難くない。

でも今日を平穏無事に乗り切ったところで、明日以降、どんな顔をして会えばいいのだろうか。行動だけを振り返れば、彼を置き去りにしたも同然だ。ひょっとして、これまでの親しい繋がりはもうとっくに儚い泡のように消え失せてやしないだろうか。

「うー、最悪だ。わたし、最悪だ」

翔子があれこれ煩悶していると、乳白色の雲が漆黒の闇に垂れこめた。

むくむくと広がり続ける雲が満天をすっぽりと包み込み、丸々とした満月がすっかり隠れてしまった。雷鳴が轟き、ざあざあと叩きつけるような土砂降りの雨が降った。

「空が泣いているみたいだね」

翔子の隣に腰掛けたのは、あんず飴と、うさぎの刺繍がほどこされた草履を手に持った霧島シオンだった。割り箸に刺さった水飴が龍の髭のようになびいている。傘も持たず、激しい雨に打たれたはずなのに、シオンは髪一本すら濡らしてはいなかった。

「ショコちゃん、どれがいい？」

あんず飴と言いながらも、水飴でコーティングされているフルーツは、すももの他に、ミカン、さくらんぼ、リンゴと色とりどりであった。カラフルなスプレーチョコと金平糖がポップで可愛らしく、目を楽しませてくれる。

「え、あ、う、あ……、シオン君、どうして……」

あたふたと慌てふためく翔子をよそに、シオンはにこにこと微笑んでいる。

「あんず飴を買っているときに、ばったりハルちゃんに会ってね。ショコちゃんを見なかったか聞いたら、神社の方に走っていくのを見たって」

シオンがきょろきょろと辺りを見回し、ちょっと残念そうに唇を尖らせた。

「そういえばハルちゃんはどこに行っちゃったんだろう。ハルちゃんの分も買ったのに」

「さっきわたしも会ったけど、いなくなっちゃったね」

雲が満月を隠してくれているから、安心しておしゃべりに興じられる。

「ハルちゃんはきっとリンゴだよね。酸っぱいの、苦手だから」

「わたし、さくらんぼにしてもいいかな」

「うん、どうぞ。両方あげる」

神使な泡は、ただたんに姿をくらましているだけで、どうせそこらへんで会話を聞いているのだろう。自分で舐めるふりをして、中空にリンゴ飴を差し出してみたら、案の定、見る見るうちに水飴が減っていく。

いい、それはお駄賃よ。静かにしてなさいよ。

ちょっとでも喋ったら、ただじゃおかないんだから。

空飛ぶ割り箸に向かって睨みをきかすと、「じゃあ、書いてもいい?」と筆談じみて、問いかけられた。いいから大人しくしてて、と念を押すと、泡の気配が掻き消えた。

「せっかく綺麗な満月だったのに、見えなくなっちゃったね」

「でも月って、定期的に見えなくなるものだし」

足をぶらぶらさせながら、シオンはちびちびとあんず飴を舐めている。そっと手を伸ばせば触れられるぐらい近くに座り、その横顔をぼんやり眺めているだけで満足だった。

「あ、ちょっと晴れたね」

どんなに小さな声であっても、それが霧島シオンの声であれば翔子の耳は敏感に拾ってしまう。ちょっとした息遣いに触れるだけで心が飛び跳ねてしまう。

雲間から月の光が差して、さくらんぼの飴を持つ手がわずかに揺らいだ。

このまま立ち去らなければ、もうじき蜃気楼のように消え失せてしまう。

せっかく追いかけてくれてきたのに、月だって隠れていてくれたのに、目の前でぐずぐずと溶けてしまっては何もかもが台無しになってしまう。それだけは嫌だ。

「ごめん、シオン君。わたし、もう帰らなくちゃ」

# 黄金龍と三つ首の龍

霧島シオン

町外れの高台にある霧島邸は、深い霧に覆われていた。

建物の全景はさっぱり見えず、古びた玄関だけが青白い亡霊のようにぼんやりと浮かんでいる。なんとなくお化け屋敷みたいで、ちょっぴり薄気味悪い。

シオンが足早に帰宅すると、ソファで眠り猫が微睡（まどろ）んでいた。

うっすらと目を開いているが、熟睡しているようでもある。

「お姉ちゃん、ただいま」

気持ち良さそうに眠っている姉を起こさないようにそっと耳元でささやくと、艶々の髭がぴくん、ぴくんと揺らいだ。美しい栗色の毛並みがさざ波を打ったように泡立った。

「おかえり、シオン」

一瞬にして人間の姿になった姉は、シオンと大差ない小柄さであった。

「今日、デートだったんでしょう。手ぐらい握ったの？」

「ううん、いっしょにあんず飴を食べただけ」

「だめだめじゃん、シオン。じゃあ、月が綺麗ですね、とも言ってみた？」

その台詞はI love youと同等の意味を持つ魔法の御呪(おまじな)いだそうだが、白石翔子はべつだん変わった様子もなく、ただただ淡々とさくらんぼの飴を舐めていた。

「言ってみたけど、何の効果もなかったよ」

「そうなの？　ショコちゃん、けっこう鈍感さんなのかな」

口を開けば、「シオン、好きな女の子はできたの」と訊ねてくる姉に詳細な報告(レポート)を求められたが、そもそも人間の女の子を好きになれるか、という問題がある以前に、姉以上に好きな存在ができるような気がしない。

「奥手同士だと先は長いねえ。ま、がんばれ」

お祭りデートの詳細を語り終える頃には、姉は生あくびを噛み殺し、再び眠り猫の姿に戻っていた。お気に入りのソファの上で、うとうとしている。

「おやすみ、お姉ちゃん」

姉のほっぺたに軽くキスをして、シオンは自室へ引っ込んだ。


双子の片割れであるシオンは、元々は三つ首の龍だった。

龍の寿命は数千年とも言われ、青色の龍は若く、齢を重ねるごとに黄金色が増していくとされるが、百年ぽっちの寿命しかない人間風情が龍の体色の変化を確認することはほぼ不可能であろう。

いかなる時代においても龍は崇拝の対象であり、権力の象徴であった。

司馬遷は『史記』において、始皇帝を祖龍と称した。

天子の怒りに触れることは、龍の逆鱗に触れることに例えられた。

五つの爪を持つ黄金龍は皇帝の象徴(シンボル)であり、民間に伝わる龍は、せいぜい三つか、四つの爪しか持たない。

人前では滅多に龍の姿にならない姉に何本の爪が備わっているのか、シオンの記憶は定かではないが、記憶違いでなければ、きっちり五本の爪がしっかり生えていた気がしないでもない。

そうであったらいいな、という願望が見せた幻であったのかもしれないけれど、シオンにとって姉は祖龍であり、生みの親ではないにしても、育ての親に違いはなかった。

——数千年の寿命を持つ龍の生き血を啜れば、永遠に等しい命を得る

いつの世も変わらず崇拝の対象であった龍であるが、もっともらしい嘘が蔓延り続ける世界の潮流には抗えず、いつしか龍土町にもそんな迷信が流布するようになった。

龍に手をかけることは大罪であるが、生まれたばかりの三つ首の龍は生き血を啜るには格好の存在であった。

迷信に吸い寄せられた欲深い人間が、三つ首のうち、真ん中の首を刎ねた。

幼い三つ首の龍は、すぐには死ななかったが、全身が徐々に壊死していった。

このままでは左右の龍まで共倒れになってしまう。そう案じた姉は、泣く泣く幼い龍の身体を真っ二つに分解し、それぞれを半身、片翼の龍とした。

姉の綾は、左半身の龍を理音（リオン）、右半身の龍を詩音（シオン）と名付けた。

生きたくても生きられなかった忘れじの龍には名前さえなく、命までも失った。

変幻自在の龍であれ、首を刎ねられてしまえば、もう何にも変身できはしない。

三つ首の龍は双頭の龍となり、今は双子の人間として生きている。

姉の応急処置がなければ、三つ首の幼い龍は、三頭もろともに命を奪われていただろう。

姉に命を授かり、姉の庇護のもと、何不自由なく育った感謝は、きっと死んでも忘れない。

残念だと思うことがあるとすれば、数千年もの寿命を持つ姉とは、同じ歩調で老いてゆけないことに尽きる。姉はいつまでも不変に近い若さでいるのに、弟たちはすくすくと育っている。いつしか双子は姉の身長を追い越して、そして先に亡くなるだろう。

大好きな姉の手元に残るのは、いつかと同じ喪失の悲しみだけだ。

# 意地っ張リオン、泣き虫シオン

霧島シオン

お風呂場でシャンプーを泡立て、髪を洗い、温いシャワーを浴びた。

曇った鏡に水がかかり、霧島シオンのあどけない顔が映る。

ぱっちりした二重瞼は姉の綾にそっくりで、綾は明るい栗色、シオンは青みがかった黒髪で、髪の色こそはっきり違えど、艶々した髪質まで姉にそっくりだ。

ぺったんこな胸を見れば、自分が女の子でないことは分かるけれど、こうしてまじまじと鏡を見つめてみると、姉の綾と生き写しのようだ。

自分の顔などさして珍しいものではなく、じっくり鏡を眺めるようなこともなかったし、いつも傍らには、そっくり瓜二つの双子の兄(リオン)がうろちょろしていたから、自分がどんな顔なのかは知っていたつもりだけれど、よくよく考えてみれば不思議だった。

本体が龍である姉にとって、人間の姿形は仮初めでしかない。

対するシオンは、生まれたときこそ龍であったが、今はただの人間でしかない。

いわば、姉によって彫刻された龍と人間の混合物。

望めばどんな容姿にだって化けられる姉には顔の造形など些末なことかもしれないが、弟たちの容姿をどうしてわざわざ「この顔」に造形したのだろう。

自分は龍でもなく、かといって人間でもない、どっちつかず。

どこをどう切り取っても男らしくはなく、だからといって女でもない。

龍でもなく、人間でもなく、男でもなく、女でもないとしたら、自分はいったい何者なのだろう。鏡に映る輪郭のはっきりしない物体が、とてもあやふやな存在に思えた。

顎をくっ、と持ち上げてみたが、友人の武藤哲太のように喉仏は出っ張っていない。

殿村真のように髪の毛をツンツンに逆立ててみたりもしたが、髪が中途半端に長いせいで、すぐにペタンとなってしまった。

耳にはピアスの穴も開いていないし、ネックレスすらしたこともない。

自分の顔をつつっ、と指先で撫でてみても、自分らしさを感じられた気がしない。

「ぼくって、なんなんだろう……」

ふとした疑問が喉からこぼれ落ちた。

そういえば、「ぼく」はいつでも「ぼく」であって、トノみたいに「俺」なんて言ってみたこともない。リオンは最近、「ぼく」から「オレ」に変わりつつあるけれど、お世辞にも似合っているとは言いがたい。

「そうかそうか、オレは今でもお姉ちゃんと一緒に風呂に入るのか。ガキだな、ガキ」

そんな風にトノにからかわれまくって、リオンは真っ赤になって怒っていた。

いつものように猫の姿でお風呂に忍び込んできた姉に向かって、「姉ちゃん、来んなし！」と声を荒げたが、姉をよけいに面白がらせただけだった。

「どしたの、リオン。反抗期？　お姉ちゃん、悲しい」

よよと泣いてみせ、宥めるどころか、さらにからかったものだから、火に油を注いだ。

「姉ちゃんなんか大っ嫌い！」

子供じみた捨て台詞を吐き捨て、双子の兄は、ただいま絶賛家出中。

ほとぼりが冷めたら、何事もなかったようにしれっと帰ってくるだろうけれど、怒っているときのリオンは誰の声も耳に入らない暴走超特急だ。

いったい今は、どこをほっつき歩いてるのだろうか。ちゃんとご飯を食べているのかな。

「オレ（アイ）は飛べる（キャンフライ）！」とか言い出して、断崖絶壁から飛んだりしてやしないだろうか。

あんまり心配することもないけれど、リオンは無鉄砲おバカさんだから、ちょっと心配。

いつもであれば、なんだかんだで仲の良いトノの家に転がり込むはずだけれど、家出のきっかけを作った張本人を頼るのはリオンの自尊心（プライド）が許さないだろう。

そういうところの意地だけは、たぶん死んでも曲げない。意地っ張リオン。

いろいろ面倒くさいけれど、それが龍の子（リオン）たる所以。

「そうかそうか、ぼくは今でもお姉ちゃんと一緒に風呂に入るのか。ガキだな、ガキ」

口の悪いトノにからかわれても、ぼくなら「うん、そうだよ」でお終いだ。

茶化されたぐらいで、いちいち泣いたりもしない。もう泣き虫シオンじゃない。

泣き虫はとっくに卒業したけれど、今でもお姉ちゃんとはお風呂に入る。

龍はとにかく孤高の存在で、いつだって独りぼっちだ。御神体として崇められこそすれど、生まれ落ちたそのときから龍は親兄弟と離れ、独りで生きる。

気高い龍は馴れ合わない。でも、龍ならざる人間は独りでは生きてはいけない。

一つ屋根の下で家族と暮らせるのは、とりわけ大好きな姉と一緒に暮らせるのは、自分が純粋な意味で龍ではないからだ。

肌と肌を触れ合わせる（スキンシップ）のは、相手を「特別」と認めているからこその行為だ。

それは誇るべき特権であって、どうして怒ったり、恥じたりする必要があるのだろう。

「ねえ、シオン。スキンシップという言葉には、好き、という言葉が隠れているでしょう」

毛づくろい（グルーミング）中のお姉ちゃんに、そう教わった。

猫は眠っているとき以外は、自分の身体を舐めたり、噛んだりして、せっせと毛づくろいしている。仲の良い猫同士は、互いに毛づくろいをし合ったりする。それと同じ。

浴室のドアがいつのまにか薄く開いており、猫の姿の姉が音もなく飛びかかってきた。

「にゃあ」

頬をすりすりしてくるので、喉を撫でてやると、ごろごろと甘えてくる。

猫のときの姉は、まったくもって猫そのものだ。

気が向いたときだけすり寄ってくる、気まぐれな甘えんぼ。

猫モードがひと段落すると、一転して猫可愛がりモードになる。

「シオンは可愛いねえ、ほーんと可愛い。もうずっとこのままでいて」

温かなお湯に浸かりながら、お姉ちゃんの柔らかい身体に包まれて、ひたすら髪の毛をくしゃくしゃに撫でられる。至福の時間だけれど、だんだんのぼせてきてしまう。

今日もちょっとクラっとしてきたので、触れ合いの続きはパジャマに着替えてから。

# 神使と小説の神様

藤岡春斗

神使（しんし）である藤岡春斗（ハル）は、霧に煙った波打ち際を小説の神様と並んで歩いた。自分の本体が泡であることなどおくびにも出してはおらず、作文の上手な町案内の少年としてではあったけれど、隣にいられるだけで十分だった。綿あめを買ってくれた神様とは祭りの最中にいちど逸れてしまったが、藍染色の和傘を差したまま、待っていてくれた。

高槻沙梨は、嘘の禁じられた世界にあって、公然と嘘をつくことを許された稀有な作家だ。

老舗出版社の文藝心中社の依頼で、小説を書くために龍土町に逗留している。

かつてこの島は、名のある作家たちに原稿を書かせるために用意された天然自然の缶詰部屋であった。本島からの直行便はなく、ひとたび海が荒れれば、二、三週間も船が入港できないこともある。携帯の電波も届かず、編集者の催促さえもままならない、まさしく絶海の孤島と呼ぶに相応しい立地だ。

「月が綺麗だね、春斗君」

高槻沙梨は、眩しそうに切れ長の目を細めた。漆黒の長い髪がさらりと揺れる。

空を見上げれば、思わず吸い込まれてしまいそうな金色の満月が浮かんでいる。

突然の雨はとっくに上がっており、湿った砂浜に人けはなかった。

「満月は苦手です」

「どうして?」

「なんとなくバカっぽいから」

こういうことを言うから、学校の教師には「子供らしくない」と嫌われるのだろう。でも沙梨先生だけは分かってくれる気がした。自分はしょせん泡であるから月の満ち欠けにはさしたる影響を受けないけれど、完璧にまんまるな月よりかは、どこかしら欠けた月の方を好ましく思う。完全無欠な円環には、惻隠の情を覚える余地がない。

「君は面白いね」

和傘をたたむと、沙梨はふふっと微笑した。

「そうですか？」

「うさぎがお餅をついているイメージしかなかったけど、満月はバカっぽいか。新鮮な見方だね。じゃあ、三日月は？」

「学校に行こうかどうしようか迷っている引きこもりですかね」

「学校に行かなきゃと思う気持ちと、やっぱり無理と思う周期みたいなものか」

まだ二十歳そこそこの沙梨は新人の学校教師と言っても通用しそうな若さだが、さすがは小説家だけあって、微妙なニュアンスを汲み取ってくれた。こういう人が担任だったら、ぼくは不登校になったりしなかったのかな、なんて思った。

小説の材料を採集しに来ただけで、そんなに長居するつもりはないだろうけれど、先生がずっと居てくれたらいいのに。

「春斗君は島育ち？」

「いいえ。ここに来て、まだ二年も経ってないです」

「ご家族と移住してきたの？」

「いえ、小峰先生のところに居候しています」

龍士町には緋ノ宮学園という、学園とは名ばかりの私塾がある。

本島で国語教師をしていた小峰文則が移住を機に、妻の志乃と共に民宿を始め、町の子供たちに無償で読み書きを教えるようになったのが私塾を始めるきっかけだった。授業料は受け取らず、学びたい子供は無条件で受け入れており、不登校になってしまった全国の子供たちまでも受け入れるようになった。今は、春斗と白石翔子が小峰家に寝泊まりしている。

「どんなきっかけで、ここに来ようと思ったの？」

「大した理由はないですけど……」

春斗が口ごもると、沙梨はそれ以上は追及してこなかった。

何も言わなくても、ゆっくりと砂浜を歩く静かな足音が荒んだ心を慰めてくれる。

吹きつける夜風が子守歌のようで、何とも言えず心地良かった。

「ぼくのじいちゃんが筆跡鑑定士だったんです。小学生のとき、じいちゃんの仕事のことを作文に書いたら、担任にこっぴどく叱られて、それから学校に行けなくなりました」

筆跡鑑定士である祖父は、遺言書の筆跡が偽造かどうかを判定する業務に従事していた。

遺言書が偽物であることを知りながら黒を白にしてみせたり、依頼人の望む通りに白を黒にしてみせる鑑定士がいる一方で、祖父はどんなに大金を積まれようと真実を捻じ曲げることはなく、白は白、黒は黒として鑑定した。

どうしても黒を白にしてほしいと請われれば、やってやれないこともないが、まずは医者に相談しなくてはなるまい。良心は摘出できるのか、と。

そんな啖呵を切るような人だったから、世渡りが上手いはずもなかった。

祖父の人となりを作文に綴り、酒に酔った祖父の受け売りの言葉もそのまま記した。「政治について語れば袋叩きにされ、隣国を悪し様に罵る汚い言葉が大通りを闊歩し、正を不正が飲み込み、国語の教科書から文学が消えていく冷たい輪のなかで、他者を思いやる優しさは死に瀕している。言葉が荒廃し、自由に物の言えぬ空気が満ち満ちている。嘘吐きばかりが出世する世を疑え。自分が真実だと思えるものだけを信じよ」

作文を読んだクラス担任が血相を変えて怒り出し、「お前は子供らしくない。危険思想だ」と大声で怒鳴った。教頭に呼び出され、スクールカウンセラーと面談させられ、校長判断で謹慎処分が課された。教室に戻ってみたら、そこに春斗の席はなかった。

家族は引きこもりがちになった一人息子を持て余し、肝臓に持病を抱えていた祖父は体調を崩して入退院を繰り返すようになった。同級生にはＳＮＳ上で人格否定され、言葉にするのも憚られるような悪辣な書き込みがひっきりなしに届いた。

誰の言葉も信じられず、世界に春斗の味方は誰もいなかった。

泡沫（うたかた）のように消えてしまいたくなって、自分はしょせん泡なのだと思うことにした。いずれ儚く消えてしまうのなら、わざわざ自分から死を選ぶ価値もない。

謹慎中に暇を持て余していたおかげで、古今東西の小説を読むようになった。

龍土町を題材にした『あの日の霧島』という物語があるのを知り、貪るように読んだ。すべては虚構であるはずなのに、何もかも作り話であるはずなのに、真実以上の手触りがあった。日に日に物語の舞台になった土地への憧ればかりが募った。

離島への移住プログラムがあるのを知り、家出同然にやって来た。

現実逃避の先にあったのは、嘘みたいに優しい世界だった。

誰もぼくの過去を知らず、後ろ指も指されない天国のような場所。

「ぼくはいろんなものから逃げてきたんです」

ぽつりと言い添えると、沙梨にそっと抱き寄せられた。

ぼくはただ誰かに受け止めてほしかったのだと思うと、ごく自然に泣けてきた。

静かな雨が先生の胸元を濡らしたけれど、なかなか雨は降り止まなかった。

「ねえ、春斗君」

風のようにささやく声が耳に届く。

「私と共作してみる気、ある？」

# 論より翔子

白石翔子

白石翔子は、岩陰から春斗と美貌の小説家の逢瀬を覗き見ていた。

なにあれ、どういうこと？

頭の中では、ちかちかと疑問符（クエスチョンマーク）が点滅している。

一つ年下の春斗は、翔子の一年遅れで龍土町にやって来た。

不登校と引きこもりの末に流れ着いた当初、春斗は誰とも視線を合わせない臆病さを垣間見せていた。

私塾を営む小峰家に居候する者同士、なんとかコミュニケーションを図ろうと思ったけれど、春斗はさっぱり心を開かない。

自分の部屋にこもって本を読むばかりで、しばらくはそんな状態が続いた。

べつに何も喋らなくてもいいから、と無理やり部屋の外に引っ張り出したが、春斗は体育館の片隅で、ちらちらとこちらを見ながら読書ばかりしていた。

「おいでよ、ハルちゃん」

なかなか自分から輪に加われない春斗の手を引っ張ったのは、霧島シオンだった。

「ぼくのバッシュ、貸してあげる。お古でごめんね」

霧島シオンは春斗にお古のバスケットシューズを貸し与え、ボールの扱い方を教え、パスやレイアップシュートの練習に付き合った。チーム練習にはほとんど付いていけない春斗だったが、自分たち以外に誰もいないひっそりと静まり返った体育館で、シオンと並んで黙々とロングシュートを打つ時間を楽しみにしていた。

おどおどした態度さえしなければ、春斗はよくよく見れば可愛い顔をしている。背格好のよく似た二人は、遠目には双子のようにも見えた。

島の生活に馴染むうち、当初の暗さはだいぶ払拭され、ずいぶん明るくもなった。本を読んでいるとき以外、バスケの師匠である霧島シオンにべったりで、「シオン先輩は神っ！」なんて調子の良いことを言うようにもなった。その点に関してまったく異論はないが、春斗ばっかりシオン君と仲良くしてずるい、という思いが頭をもたげた。

だから、「一緒にお祭りに行こうよ、ショコちゃん」と誘われたときは、飛び上がらんばかりに嬉しかった。てっきり、春斗を誘うものとばかり思っていたから。

「また遊ぼうね、ショコちゃん」

お祭りからの帰り際、はにかみながら次の約束までしてくれた。

バイバイと手を振りながらも、完全に頬が緩みっぱなしになっていて、嬉しさを隠し切るのがたいへんだった。お祭りの余韻にまだ浸っていたくて、まっすぐに帰りたくなかった。

潮騒に耳を傾けながら砂浜で小躍りしていたら、春斗を見かけた。

咄嗟に岩陰に隠れて一部始終を見守ったが、どうにも状況が飲み込めない。

春斗と一緒に歩いていたのは、たしか高槻沙梨という名の小説家だ。

町外れの高台にある小説家御用達の旅館に長期滞在している、と聞いたことがある。

なんだか密会めいた雰囲気にも見えたし、ただの散歩のようにも見えた。

しかし、ただの散歩であったのなら春斗を抱きしめる必要なんてない。いったいぜんたい、どういう関係なのだろうという疑問が渦巻いたが、どのみち本人に聞けばいいことだ。

そんなことより、さっきまでの夢のような時間を頭の中で擦り切れるほどに巻き戻していると、大好きな声が半永久的に蘇ってきて、もう死ぬ。にやけが止まらない。

龍土町に来る前のことを思うと、今は夢の中に生きているような気がした。

翔子は有名女子中学に入学せんと、苛烈な受験戦争を戦う龍だった。

紛うことなき龍であろうと、歯を食いしばって机に齧りついていた。

でもある時、はたと思ってしまった。

最後に心の底から笑ったのは、いつだろうかと。

思い通りの学校に入学できたとして、その次は大学受験、それから就職活動、果ては結婚、出産、子供のお受験……と、戦いは延々と続いていく。

世間から優良物件の格付けを得ること自体が人生の目的となっていて、そうと自覚した途端、息が詰まった。喉の奥がぎりぎりと閉まり、うまく呼吸ができなくなった。

受験勉強の息抜きに立ち寄った本屋で、龍土町を紹介したパンフレットを見かけた。

廃校を私塾に衣替えした国語教師夫妻のインタビュー記事が載っていて、抜けるような青空の下で、翔子と同い年ぐらいの子供たちが朗らかに笑っていた。

直感的に、ここでならうまく息が吸えそうだと思えた。

家族を説得するのは熾烈を極めたけれど、「これはわたしの人生だから」と言い張ると、両親は渋い顔をしながらも離島行きを認めてくれた。龍土町に来て、胸が苦しくなったり、息が吸えないこともたびたびあったけれど、それは嬉しい誤算だった。

それでも、わたしは受験レースを降りた出来損ないだ、と思うこともあった。

月が満ちると、なぜだか強くそう思うようになって、満月の光を浴びると身体が蜃気楼のように消えてしまうようになった。自分はこんな特殊体質だったのか、と思って愕然とした。しばらくは誰にも相談できなかったけれど、新入りの春斗も翔子と同じように時折、ふっと煙のように消えることがあった。

「ハルって何者？　もしかして人間じゃないの？」

探り半分に訊ねると、春斗はあっさり答えた。

「ぼくは泡で、ショコ先輩は息です。現象は同じでも実態は大違いです」

なんとなく分かったような分からんような説明だが、翔子は月の光を浴びると身体が徐々に薄くなり、春斗は月の光に関係なく存在が消えることがある、ということだけは理解した。一回身体が溶けて、また元に戻れば、その日はもう身体が薄くなる心配はないことも確認している。不便だが月夜には外出を控えればいいだけであるので、今日みたいなことがなければ大丈夫。当面の心配事といえば、いつ真実を告白するかということに尽きる。

それにしたって、謎めいているのは春斗だ。

小峰先生の私塾では、普通の学校のような時間割がない。授業もテストもなく、課されているのは、今日一日どんなことをしたのか、という日記を提出することだけだ。

小峰先生が夜な夜な日記に返事を書いているが、互いの日記を見せ合ったりはしない。日記を見せる相手は小峰先生だけであるから、胸の内を安心して書くことができる。

生徒は好きな時間に学び舎にやって来て、それぞれが興味を持ったことをやっている。

シオンとリオンの双子、殿村真、武藤哲太の四人組は大抵朝から晩までバスケをしていて、翔子もそこに混ざっている。大人チームと対戦したり、体育館を共同利用している町の子供たちと一緒に練習したりする。

春斗もバスケ部の一員ではあるけれど、常時参加しているわけではない。

たまに顔を出したと思ったら、ふっといなくなって、図書室で日記を書いている。

いや、あれは日記ではなく、小説だった。

一読して、嘘（フィクション）だと分かる内容だったから。

春斗が書いていたのは、『論より翔子』と題されていた。

夜中に小峰先生が日記を読みながら大笑いしていて、翔子がたまたま通りかかった。

誰の日記なのかを先生の頭越しに覗き見たら、自分の名前が題名になっていた。

わたしにも読ませてください、と頼み込んだら、小峰先生が内緒で読ませてくれた。

ものすごくざっくりまとめると、「一方通行の恋が実らず、学校に火を放とうとするバスケ部マネージャー・翔子の話」だった。

小峰先生は「よく書けてる。才能あるな」と手放しで褒めていたけれど、勝手にわたしの心情を面白おかしく書きたてやがって、という怒りが沸々と湧いてきた。これが幼稚な文章だったらまだ笑えたけれど、中学生離れした巧さだっただけに許し難かった。

霧島シオンへの屈折した愛が卓越した筆致で描かれていて、この翔子はいったいどこの翔子だと思った。

「シオン先輩は神っ！」とは言わず、「シオン君は神なのっ！」と叫んでいる。

おいおい、これは翔子の名を騙った藤岡春斗ではないのか。

そんなにわたしの思いは、周囲に筒抜けだったのか。

裏でこそこそこんなものを書いていたのかと思ったら、文句のひとつも言いたくなった。

「ちょっと、これどういうこと？」

日記を持って春斗に詰め寄ると、すーっと透明になって、その場から退散しようとした。

消えかける前に首根っこを掴むと、きょときょとと目が泳いでいた。どうにも、わたしは薄笑いを浮かべながら、鬼一歩手前の形相で怒っていたらしい。

「ショコ先輩、学校に火をつけたくなったことないんですか？」

「ない……と思う」

逡巡しながらそう答えたら、春斗の顔が失望の色に染まった。

身体がどんどん透明になっていき、全身から「君はこの気持ちを理解できないんだね」という、哀れみとも蔑みともつかぬ拒絶の雰囲気が立ち込めた。

春斗は自分の過去をまったく話そうとしない秘密主義だから、ここに来るまでにどんな経験をしてきたのか知る由もない。でも、深刻めいた雰囲気からある程度は察した。

「学校に火をつけちゃだめでしょ。それは人として、やっちゃダメなこと」

個人的な思いが届かなかったからって、他人を巻き添えにしていいはずがない。

強めのデコピンを一発かまして、頬っぺたをぎゅーっとつねったら、春斗が涙目になった。

「ごめんなさい……」

捨てられた子犬みたいにしょんぼりして、なんだかちょっと母性本能をくすぐられた。

ひねくれているわりに、案外素直なところに可愛げがある。

「でも、春斗は文章上手だね。内容はともかく、そこは感心した」

ちょっと褒めたら、春斗が照れ笑いした。拒絶の雰囲気はすっかり薄らいでいた。

「次は、一方通行じゃない話が読んでみたいな」

「……え？」

自分でリクエストしてみて、それから急に恥ずかしくなった。

それはつまり、両想いの話を書いてくれ、ということだ。

「書いていいんですか？」

一気に形勢逆転してしまったらしく、春斗の垂れ目が微かににやついている。

「え、だ、だって、べつに、創作だし、自分で楽しむだけならいいでしょう」

こうなったらいいな、とか、こうだったらいいな、という私的な妄想を書いたっていいではないか。現実はひとつでも解釈は自由だ。

「せめて紙の上では幸せにさせてくれたっていいじゃない！」

キレ気味に言うと、春斗が苦笑いした。

「不幸な話は書けるけど、幸せな話は書けないんですよね。恋愛とかよく分かんないし」

ごにょごにょ言っているが、表現の引き出しに恋愛の棚がないのだという。

そういう気持ちになったことがないから、書ける気がしないらしい。

「一目惚れとかしたことないの？」

「ないですねえ」

「今まで好きになった女の子とかは？」

「いないですねえ」

途端に口が重くなり、春斗の顔には「もうこの話題やめませんか」と書いてある。

だったら何が好きなんだろうと気になって、春斗の部屋をそれとなく物色したら、本棚に高槻沙梨の著書がずらりと並んでいた。若手の純文学作家らしく、表紙をめくると、略歴とプロフィール写真が添えられていた。涼やかな目が印象的な美しい女性だった。

「こういうのがタイプなの？」

「そういう文章が書けたらいいな、と思います」

顔写真を指したつもりだったのに、春斗は伏し目がちに答えた。

岩陰から先ほど見かけた光景を思い返すと、春斗はほとんど本心を明かしていなかったことがよく分かった。

# 神域

霧島シオン

猫の姿をした姉は、本宅と渡り廊下を隔てて繋がった別荘の書斎で寛いでいた。

特別な小説家だけが立ち入ることを許された別荘は、姉の思い出の場所であるのだろう。風呂上がりには決まってこの書斎を訪れ、黄土色の地球儀にカリカリと爪を立てて、爪とぎをすると、文机の上にぴょこんと飛び乗って、丸くなる。

本棚には古色蒼然とした古典文学が並べられて、時が止まったような和洋折衷の室内にセピア色の燭光が差している。微かな埃っぽさと澱んだ空気までが独特な空気感に色を添えている。

この書斎の主がどんな人物だったのか、シオンは知らなかった。

姉が手招きするので、恐縮しながら肘掛け椅子にちょこんと腰掛けた。文机には真っ白な原稿用紙と万年筆と手燭があるだけで、他には何もなかった。目の前に眠り猫だけがいる。

背中をそっと擦ってあげると、姉は気持ちよさそうに目を細めた。

小説家には猫がよく似合う。

原稿を書くのに行き詰った小説家も、こんな風に姉の背中を撫でていたのだろうか。

時には膝の上に乗せて、優しく頭を撫でながら小説を書き進めたのだろうか。

猫とお喋りしながら、話すように書いたのだろうか。

数千年を生きる龍の化身である姉は、何千、何万という人間の生き死にを見守ってきた。

それでも姉が特別だと思える人間は、あまり多くなかっただろう。

この書斎に立ち入っていいのは、特別な小説家だけ。

ああ、なるほど。そういうことか。

ここは姉にとって、特別な記憶を保存した思い出の場所なのだ。

聖域であり、神域。

みだりに足を踏み入れてはならない禁足地。

小説家という人種は物語世界の神だから、神様の仕事を邪魔してはならない。

でも、気ままな猫だけは出入りが許されている。

「お姉ちゃんは小説家が好きだったの？」

シオンが訊ねると、姉は大きく伸びをした。

「好きな人が小説家になった、という方が正しいかな」

物憂げな溜息をつくと、姉はシオンの膝の上に飛び乗ってきた。

猫の姿で接していれば、人間は頭を撫でてくれる。

でも人間の姿のまま飛びついたら、小説家の妻が嫉妬する。

とかく人間は、すぐ嫉妬する。

「不思議だよね。見た目が変わっただけで中身は同じなのにさ」

猫の姿のままの姉がしみじみと呟いた。

姉の姿が猫であろうと人間であろうと龍であろうと、外見に関わらず態度が終始変わらなかった唯一の人間が小説家の三島シンジだった。

「三島先生って、どんな人だったの？」

「アルバムがあるよ」

膝から飛び降りた姉は、本棚から埃だらけのアルバムを持ち出してきた。

姉が愛した小説家の、小説家になる前の横顔が写っていた。紺色のブレザーに身を包んだ繊細な面差しの少年が、学校の教室らしき窓辺で、ぼんやり外の景色を眺めている。

なんてことのない一瞬を切り取った、なんとも絵になる一枚だった。

「これは緋ノ宮学園の卒業アルバムでね。あたしとシンジ君と真紀ちんは同級生だったの」

今よりずいぶん幼い顔の姉は、意志の強そうな目をした少女と一緒に写っている。

小説家の伴侶の名は、内田真紀。

満面の笑みを湛えた姉の隣で、鬱陶しそうな表情を浮かべている。

なぜだか既視感のある表情だと思ったら、何のことはない。

無鉄砲おバカさんの双子の兄（リオン）が悪さをしたときの、ぼく（シオン）の表情にそっくりだ。

もう、しょうがないなあ、という諦めと愛おしさがごっちゃになった悟りの境地。

懐かしそうにアルバムをめくりながら、姉は思い出話をしてくれた。

# 特別な小説家

霧島シオン

龍土町のある孤島は、島自体が御神体として崇められてきた。

長らく島に名前はなかったが、よく霧に煙ることから「霧島」との通り名で呼ばれるようになり、海の上に御神体を拝むための拝殿が建てられた。

大鳥居には眠り猫の細工が施され、それ以来、海難事故が大幅に減ったという。

姉は霧島に棲まう龍であったが、年に一度の祭祀が行われるだけで、島にやってくるものはなく、ただただ人間に敬われ、ありがたがられるだけの日々に飽き飽きしていた。

神域に入島するものは祟りに遭うとされ、敬して遠ざけられ続けていた。

お祭りごとの好きな姉にとって、賑わいのない静かな日々は耐え難いものだった。

もっと騒げよ。毎日踊れよ。

へこへこ頭ばっかり下げてられても、ぜーんぜん楽しくないんですけど、と思ったらしく、島に人間を受け入れることにした。

現在のように厳格な在龍資格もなく、龍の姿のまま人間と触れ合ってもなんら問題のない牧歌的な時代であったのが幸いした。

水の神であり、水の霊獣である龍として人前に姿を現した姉は、たちまち神の化身と信じられた。龍である姉は人間たちに命じた。

「我が地に集え。産めよ、増えよ、地に満ちよ」

御神体の役割を大鳥居の眠り猫に担わせ、島を人々に開放した。

やがて町ができ、満月の日には祭りが行われ、龍と猫は神の代名詞となった。

島に暮らす人間たちの生き死にを見届けるうち、自身もひとりの人間として暮らしてみたくなった。

そう思えたきっかけが、後に小説家の伴侶となる内田真紀の命乞いだった。緋ノ宮学園の生徒として龍土町の見学に訪れていた真紀は、海の上に立つ拝殿で泣きながら拝んだ。

人間の願い事といえば、お金持ちになりたい、良い人と結婚したい、いつまでも健康でいられますように、志望校に合格しますように、といったありふれたものばかりだが、真紀の願いは何にも増して切迫感に満ちていた。

「助けてください、助けてください、助けてください……」

呪文のように繰り返し、肝心のことがよく分からない。

どういうこっちゃ、いったい何から助けて欲しいのか、そこんところがよく分からんぞ、どれどれちょっくら聞いてやろうじゃないか、と興味を惹かれた姉は、眠り猫の姿となって、大鳥居から飛び降りた。

真紀の目には、御神体が実体化したように見えたことだろう。あまりにも驚き、腰が抜けてしまったのか、真紀はしばらく立ち上がれなかった。眠り猫の姉は、耳元でそっと囁いた。

「取り乱すでない。ここは人が多いな。どれ、静かな場所で話を聞いてやろう」

本当はもっとくだけた感じで、「どったの？　なにがあったの」と聞きたかったようだが、それでは野次馬のようだし、いちおうは神なのだから、厳かな調子で語りかけてみた。

霧島神社の境内に場所を移し、真紀から事情を聞くことにした。ここには神の使いの狛犬がいるだけで、事前に人払いさせておいたから、人の耳はない。

「さあ、話してみよ」

姉はわくわくしながら真紀の話に耳を傾けた。あっちこっちに話が飛び、さっぱり要領を得なかったが、ざっくり言うと、同級生の男の子から手紙を貰ったという。

手紙の主は、三島シンジ。

後に小説家となる無口な少年は、神秘的な存在感からクラス内で一目置かれる存在で、かくいう真紀も密かに想いを寄せていた。さながら龍のように孤高な少年は、誰とも和さず、誰とも群れることがなかった。唯一、図書館の本だけを友とした。

中等部三年生の真紀は、三年近く三島シンジと机を並べたが、彼の肉声を聞くことは滅多になく、彼がなにを考えているのか、さっぱり分からない。

頼まれると断れないお人好しの真紀は図書委員に推され、本の虫であるシンジと図書館のカウンター越しに接するようになった。私的な会話は何もなかったが、同じ空気を吸えているだけで胸が高鳴った。

中学卒業を間近に控え、放課後にシンジに呼び出された。

「返事は要らないから」

図書館から屋上へと続く階段の踊り場で手紙を渡され、もしかしてラブレターだろうかと思ったら、胸の高鳴りがいよいよ抑えられなくなった。

その場で読むのが惜しくて、家まで持ち帰って、ベッドのなかで丁寧に開封した。

それはラブレターなんてものではなかった。それどころか普通の手紙ですらなかった。

手渡された手紙に記された文面は誰にも言えるはずがない。

そこには几帳面な字で、こう書いてあった。

君を殺したい……と。


たったの六文字で心臓を鷲掴みにされた真紀は、手紙のことを誰にも相談できなかった。

手紙の送り主であるシンジはいつもと変わらぬ様子であったが、油断はできない。

返事などできようはずもなく、もしも本当に殺されるぐらいなら、龍土町を訪れた機会に乗じて亡命してやろうとまで思い詰めていた。真紀が一部始終を語り終えると、姉はすっかり話に引き込まれていて、神の威厳などどこかへすっ飛んでしまっていた。

「なにそれ、どゆこと？」

「知らないわよ。私が聞きたいっつーの！」

語り部である真紀も物言いに遠慮がなくなってきていた。

「あんた、神なんでしょ。神ならなんとかしてよ。それともただの猫なの？」

「にゃあ」

「ふざけてんじゃねーわよ」

「にゃあ」

真紀がぶん殴ってきたので、ひらりと身を躱した。

しかし、人間のいろいろな願いを聞き届けてきたが、こんなお願いは初めてだった。

お祭り好きの血が騒ぎ、これはなんとしても結末まで見届けねばならぬ、と姉は思った。

先の「にゃあ」は「承知した」という意味であり、その後の「にゃあ」は「ふざけてねえ」という意味であるらしいが、真紀の耳に猫語はどれも同じに聞こえたようだ。

「手紙の子は島に来てないの？」

「来てないわよ。不参加よ、不参加」

手紙の主である三島シンジは霧島を訪れていない。本土に戻れば殺される危険があるが、龍土町に居座れば、幾分かは安全だろう。真紀はそう思って、家出一式をリュックサックに積めて、不退転の決意で島にやって来た。

だが残念ながら、その移住計画は飲めない。ご両親が心配するとかそういうことではなく、ごくごく単純に続きが気になった。

その手紙、どういう意味?

眠り猫の姿だった姉は、たちまち人間の姿に化身した。尻尾が隠れておらず、猫耳がひょっこり飛び出たままで、素っ裸だったところはほんのご愛嬌。

「ちょ、あ、あんた、なにやってんのよ」

「う?」

真紀のリュックサックをがさがさ漁り、手近な服に着替えると、ずいぶん様になった。

栗色の髪をした美少女は、猫撫で声で囁いた。

「あたし、真紀ちゃんの学校に編入するよ」

「はあ?」

人間になったはいいが、人間らしい名前はない。

「んーと、名前は何にしようかにゃあ」

「あんたなんか、にゃあで十分でしょ」

「あ、それいいね」

霧島のにゃあ、霧島ニャー、うーん、ちょっとふざけ過ぎか。

にゃあだと名前っぽくないから、じゃあひっくり返すか。

あゃに、あやに、あやニャー、綾。

お、いいね。綾、決定！

「あたしの名前、霧島綾にする」

霧島に棲まう龍は眠り猫を経て、霧島綾という名の人間となった。

喋り方が猫っぽいのは、その名残。

緋ノ宮学園に編入した姉は、三島シンジと内田真紀の同級生となった。

肝心の手紙の真意は一口に語れるような内容ではなく、諸々の経緯は『三島からの手紙』と題されたシンジの著書に詳しく綴られているという。

姉がごろごろと喉を鳴らしながら、シオンに甘えてきた。

「I love you を夏目漱石がどう訳したか知ってる？」

「月が綺麗ですね」

漱石が英語教師をしていた頃、教え子が「我君を愛す」と訳したのを聞き、

「日本人はそんなことを言わない。月が綺麗ですね、とでもしておきなさい」

と言った、とされる逸話は有名だ。

「なーんだ、知ってたの」

「小峰先生に教えてもらったんだ」

「じゃあ、I kill you ならどう訳す？」

まさか「月が汚いですね」とは訳さないだろう。

いったいどう訳すのだろうと悩んでいると、姉がくすりと笑った。

降参です、とばかりに両手をあげると、三島シンジの書いた小説を渡された。

君を殺したい、などという物騒な一行に小説家はどんな意味を込めたのだろうか。

「シンジ君の手紙は最強の殺し文句だったわけ」

手紙をきっかけにシンジと真紀は交際するようになり、晴れて小説家となったシンジは、『あの日の霧島』という小説を書きあげた。

映画化もされ、主演女優は霧島綾。

映画撮影のため、故郷に帰ってきた姉は、そのまま小説家夫婦と暮らすようになった。

夫婦に子供はできなかったが、三島シンジは小説という名の子供を多く残した。

出来の悪いものもあれば、途中で筆が止まったものもあり、誰が読んでも傑作と評するものもあったが、シンジは世間の評価など気にした風もなく、夫婦と絆を結んだ猫たった一匹が楽しんでくれるならば、それで良しとした。

小説家には猫がよく似合う。

逆も真なりで、猫には小説家がよく似合う。

「お姉ちゃんは小説家が好きだったんだね」

姉はこくんと頷き、頬を擦りつけてきた。

「特別な小説家だったんだよ、シンジ君はね」

# 怒り、優しさ、憧れ

霧島シオン

姉の昔語りを聞くうち、シオンはふと疑問に思うことがあった。

人間は人間が生み出すが、龍は空想上の生物である。

いったい龍はどうやって生み出されるのだろう。

シオンとリオンは双子の人間として暮らしているが、元々は三つ首の龍だった。おぼろげだが、龍であったときの断片的な記憶もある。しかし生まれた直後の記憶はない。

「お姉ちゃん、ひとつ聞いてもいい？」

うたた寝し始めた姉に問いかけると、尻尾がぴこぴこと左右に揺れた。

「三つ首の龍（ぼくら）は、どうやって生まれたの？」

空想上の生物がどう生まれるのか、ただ純粋に興味があった。
「小説家の想像力によって、かな」

二人と一頭。
二人と一匹。
二人と一人。

なんであれ、龍に見出された小説家は感謝の意を込め、新たな物語を生みだすことにした。

小説家の言葉を閉じ込めた本は、作者の死後も生き続ける。
読者から忘れられてしまわぬ限り、物語は生き永らえる。
時の試練に耐えた物語は即ち龍だ。
小、い、い、い、い、い、い、い、い、い、い。
小説を書く行為は、龍を創ることに等しい。
姉が慕った特別な小説家は、三頭の龍を生みだした。
二人と一人では、時に嫉妬が顔を出す。

しかし、人ならざる龍に嫉妬などは必要ない。
強くなければ、生きてはいけない。
優しくなければ、生きる資格がない。
然り。
そこにもうひとつ、付け加えよう。
憧れがなければ、生きる価値がない。

一頭には、世界の全てを敵に回しても正義を貫く「怒り」を。
一頭には、世界の全てを抱きしめる「優しさ」を。
一頭には、世界は美しいものだと思える「憧れ」を。

生まれたばかりの三つ首の龍は、時の試練を受けておらず、弱々しかった。
書斎で生まれたばかりの龍は、小説家の手を離れた途端、人間の餌食になった。
首を刎ねられたのは、「怒り」と「優しさ」の間に挟まれた「憧れ」だった。
人間という種に抱いていた純然たる憧れは死んでしまった。

後に残ったのは、失望だけ。

憧れを失った手負いの龍に、龍として生きる力はなかった。

「シオンの半分は優しさでできているんだよ」

怒りも優しさも憧れも全て備えた完全無欠な存在に、ぎゅっと抱きしめられた。

「リオンの半分は？」

「怒り」

この部屋に、懐かしさを覚えたのにはちゃんとした理由があった。

小説家の言葉はここで揺籃され、やがて三つ首の龍が生まれた。

人間として生きることを余儀なくされたぼくらはまだいい。

だって、まだ生きているんだもの。

失望に埋め尽くされてしまったもう一頭が可哀想でならなかった。

憧れは失意のうちに亡くなってしまったのだろうか。

どうにかして助けてやることはできなかったのだろうか。

「憧れはどこに行ってしまったの？」

「どうしようもなかったの」

姉の声に落胆の色が混じった。一心同体だった三頭が離れ離れになり、憧れを取り除いて再接合を試みたが、優しさが怒りに飲み込まれてしまうだけだった。

歪（いびつ）な接着は、時とともに砂となる。

数千年もの永きに渡る完全体にはなれない。

「ごめんね、シオン」

どうして姉が謝るのだろう。

大好きな姉が悲しむ姿は、見たくなかった。

# 幻獣、ぼんじゅー

白石翔子

月明かりの下で白石翔子が砂浜を歩いていると、海辺に行き倒れた人を見かけた。

カラスによく似た黒ずくめの鳥が三羽も群がっていて、死肉を漁っているようでもあり、ちょんちょんと突っついて安否を確認しているようでもあった。

黒ずくめの鳥は水面にぷかぷか浮いていて、カラスにしてはずいぶんずんぐりむっくりした体型で、狡猾な目もしていない。どちらかといえば惚けた顔をしており、後頭部の羽毛がひょこんとカールして寝ぐせのようになっている。

カラスもどきは水場にぷかっと浮かんでいるだけで、特別危険そうな様子もなかった。

倒れた人のことも心配であったし、翔子はおそるおそる近寄ってみた。

「呼んだか？」

「……幻獣（ゲンジュー）」

「ぼんじゅー」

羽根をばたつかせたカラスもどきにいきなり話しかけられた。

予想だにしなかった事態に翔子が立ち竦むと、三羽がほぼ同時に口を開いた。

「キン」

「……クロ」

「ハジローっっ！」

「キン」

「……クロ」

「ハジローーっっっ！」

「キン」

「……クロ」

「ハジローーーっっっっ！」

三羽は何度も同じフレーズを繰り返している。

金（きん）、苦労（くろう）、恥じろ、と聞こえるが、合唱の最後の声があまりにも大きい。

これはよもや悪い夢だろうかと思いつつ、行き倒れた人のもとに駆け寄った。下半身は海に浸かっており、顔が砂地にめり込んでいる。シャツはびりびりに破け、右肩は獣かなにかに食い千切られたような傷があり、赤黒い血がだらだらと流れている。

「大丈夫ですか、今助けを呼びますから」

ぜえぜえと荒い呼吸をしており、かろうじて息はあるようだ。少しでも息が楽になるよう、顔を横向きにしてやった途端、翔子は驚きに目を見開いた。

「リオン君……」

砂浜に行き倒れていたのは、お祭りを一緒に楽しんだ霧島シオンの双子の兄だった。

まったくもって状況が飲み込めないが、このまま見過ごすわけにはいけない。

とにかく出血が酷いから、すぐにでも手当をしなければならないが、まずは怪我人を運ばねばならない。男子にしては小柄なリオンだが、たっぷり水を含んだ着衣がずしりと重く、とてもではないが背負って動けそうもない。

大人の助けを呼びに行こうかとも思ったが、すでに虫の息のリオンを見捨てるようで心苦しい。大好きな男の子とそっくりな顔が苦しんでいる姿を見るだけで、心が張り裂けそうになった。

双子なのに、二人はどうしてこうも違うのだろう。

いったい何がどうなって、こうなったのか、翔子の理解の範疇を超えていた。

「リオン君、大丈夫？　今助けを呼んでくるから、ちょっと待っててね」

傷に響くから身体には触れず、耳元に話しかけるが、応答はない。

このままここに居続けたところで、助けはきっと来ない。

龍土町は電波の届かない圏外エリアだから、携帯はあっても役に立たない。救急車もなく、怪我人が出れば、どうにかして診療所まで担いでいかねばならない。

「ちょっと待っててね。すぐに戻ってくるから」

翔子は弾かれたように駆けだした。

まだ祭りは終わってはいない。引き返せば、とにかく人はいる。

重傷のリオンを置き去りにしてきたようで胸が痛んだ。

これでもしも助からなかったら……。

嫌な想像が一瞬、脳裏を過った。

頭に渦巻いた凶事が決して現実にならないよう、走って、走って、走り続けた。

心ばかりが焦るのに、砂地に足を取られて、まったく進んだ気がしない。

早く、もっと早く、何を犠牲にしてでも急がなければなければならないのに、どんなに走っても砂浜から永遠に抜け出せないような気がした。

「助けて、誰か助けて！」

泣きながら走って、走って、走り続けた。息はとっくに切れていた。

視界が涙に滲んで、どこをどう走っていたのかも分からなかった。

「どうした、白石」

見知った冷静な声に呼び止められて、思わず足が止まった。

同級生のバスケ部員、武藤哲太の声だった。

「リオン君が、リオン君が……」

息せき切って伝えたが、うまく声にならない。翔子の慌てふためいた様子から、ただ事ではないことを察したらしい武藤哲太は、すぐにリオンが倒れた場所へ向かってくれた。

あんなに遠くに感じたのに、実際は大した距離もなかったようだ。

武藤哲太は倒れていたリオンをひょいと両手に担いで、翔子のもとに戻ってきた。

ああ、良かった。

そう思った途端、ゆらりと意識が遠退いた。

# アクセルとブレーキ

白石翔子

波に揺られているような心地良さに、ずっと微睡(まどろ)んでいたかった。
でも、もう起きなきゃ。
翔子は、ゆっくり目を開けた。
焦点の合わぬ視界がだんだんと鮮明になってきて、立派な喉仏が見えた。
え、え、え、え？
どういうこと？
揺れているように感じたのは、お姫様抱っこをされていたからだ。
……誰に？
逞しい二の腕と立派な喉仏を見れば、それが誰だか全身を見ずとも分かる。

「武藤君、わたしもう大丈夫。起きた！　起きてるから！」

翔子は武藤哲太に抱かれていた。

もしもこんな場面をシオン君に見られたらと思ったら、一気に恥ずかしさが込み上げてきた。翔子がじたばたと暴れると、武藤哲太は無表情のまま一時停止した。

「ああ」

すとん、とその場に降ろされた。

「あの、ありがとう」

「ああ」

それっきり沈黙が続き、気まずさで顔が真っ赤になった。

武藤哲太はまず怪我人のリオンを運び、それから砂浜で意識を失った翔子のもとへ戻り、運んでくれていた最中だったのだろう。内心、手間をかけさせやがって、などと思っているのかもしれないが、ポーカーフェイスの武藤哲太は黙々と歩くばかりだ。

「あの、リオン君は？」

「治療中。大丈夫、死んではいない」

それではほとんど何も分からないも同然で、もう少しぐらい細かく伝えてほしかった。

「もしかして怒ってる?」

「いや、べつに」

薄暗い夜道では、隣を歩く同級生の表情がよく見えない。

「リオン君、なにがどうしてああなったの?」

「俺からは言えない。直接聞いてくれ」

武藤哲太は関わり合いを避けるようにそっぽを向いた。

霧島双子と武藤哲太、殿村真のバスケ部四人組は物心ついた頃からの幼馴染で、新参者の翔子がおいそれとは立ち入れない空気を感じることがあった。

それにしたって怪我の経緯(いきさつ)ぐらい教えてくれたって、いいではないか。

なんだか仲間外れにされたようで釈然としない。

皆ともっと打ち解けたいのに、もっと仲良くなりたいのに、越えられない壁を感じた。

「どうして教えてくれないの。わたしが女だから?」

翔子の声がどんよりと沈んだ。

言葉に出してみて、情けなくなった。悲しくなった。

私には歴史がないのだ。信用がないのだ。

包み隠さずなんでも話し合える仲間ではないのだ。しょせん、ユニフォームを洗ったり、試合のスコアブックを付けたりするマネージャーでしかないのだ。

居たたまれなくなって消えたくなったが、武藤哲太は黙りこくっている。

「ねえ、なんとか言ってよ」

言葉尻が刺々しくなってしまった。ああ、嫌だ。自分で自分が嫌になる。

自己嫌悪に陥りながら歩く夜道は、ひたすらに長く感じた。

シオンとあんず飴を一緒に食べながら、満月を眺めたのが遥か遠い昔に思えた。もしかして、あれは幻だったのだろうか。ただの夢だったのだろうか。

とぼとぼ歩いているが、もう疲れてしまった。わたしに帰る場所はない。

「これは俺の独り言だ。白石は聞かなかったことにしてくれるか」

「え？　あ、うん」

翔子が頷くと、武藤哲太はリオンが怪我をした経緯を語ってくれた。

「リオンは姉貴とケンカして家出中で、トノとも喧嘩中だ」

中学生にもなって、いまだに姉と一緒にお風呂に入っていることを殿村真にからかわれた挙句、その姉にも反抗期かとからかわれたものだから、「姉ちゃんなんか大っ嫌い！」と叫んで家を飛び出してきたという。

「哲太(テツ)、泊めて」

武藤哲太に泣きついてきたリオンは、

「トノなんか大嫌い」

「姉ちゃんはいつもシオンばっかりエコヒーキする」

と怒りまくり、それでも怒りが収まらず、むしゃくしゃして海に泳ぎに行った。

リオンが独りで泳いでいると、金黒羽白(キンクロハジロ)とかいう喋るカモがまとわりついてきた。

潜水(ダイブ)が得意なキンクロハジロと、どこまで深く潜れるか競い合っていると、沖合から鮫が近付いてきた。いきなり襲ってきて肩に噛みつかれたが、思い切りぶん殴って撃退した。

「サメなんかに負けるか、バーカ！」

麻酔のストックがなく、ほとんど無麻酔状態のまま、医療用ホチキスで傷口を縫合されたリオンは、目に涙を浮かべながらも強がっていたという。

とにかくツッコミどころ多過ぎて、呆れるよりもむしろ感心した。

笑っちゃいけないはずなのに、笑ってしまった。

「わたし、リオン君の方が弟っぽい気がするんだけど」

双子の顔はそっくりだけど、どう見ても子供っぽいのは兄のリオンの方で、静かで落ち着いて大人びているのは弟のシオンの方だ。

「ああ見えても、リオンはちゃんとお兄ちゃんだ」

武藤哲太がぼそりと呟いた。

「そうなの？」

「ああ。バスケのプレースタイルにも表れている」

幼い日のシオンはとにかく引っ込み思案で、リオンがいないとなかなか友達の輪に加われない子供だった。兄が無理やり「ほら、シオンも来いよ」と手を引っ張ってくれないと、バスケコートにもなかなか入ってこられない。

ボールを持てば、兄のリオンは相手が年上だろうと、構わず突撃した。

弟のシオンは身体接触を好まず、リングに向かって突っ込んでいく荒っぽさは微塵もなかった。リングから離れた位置でプレーするのを好み、遠くからシュートするのを好んだ。

喧嘩っ早く、キレやすい兄は勇猛果敢なドリブラーとなり、万事控えめな弟は正確無比なシューターとなった。親友の目には、どんなに子供っぽくてもリオンは双子のお兄ちゃんで、どんなに大人っぽくてもシオンは双子の弟であるようだ。

「リオンはアクセルで、シオンはブレーキだ。逆にはならない」

武藤哲太はそう言ったきり、会話を打ち切った。

「楽しい独り言をありがとう、武藤君」

それからは互いに無言のままで、寄せては返す波の音だけを聞いていた。

# 同じだけど、違う

藤岡春斗

龍土町の高台にある小説家御用達の旅館に招かれた春斗は、緊張しいしいコーラフロートをストローで啜った。コーラに乗っかったアイスクリームが邪魔で、うまく飲めない。

歴代の文士たちの常宿で、山の上旅館の愛称で親しまれるこの宿は、一日数組の客しかとらず、紹介者がいなければ門前払いだという。旅館の前には屈強な警備員がむっつりとした面持ちで突っ立っていた。色の濃いサングラスまでかけており、一見すると殺し屋のようだ。トランシーバーを装着し、地獄の番犬（ケルベロス）のような犬まで連れている。

警備員に身分照会され、身体検査（ボディチェック）までされそうになったが、宿泊客である高槻沙梨が

「私の執筆協力者です。小説の打ち合わせです」

と申し添えると、警備員はあっさり引き下がった。祭りの日はラウンジも早めに店仕舞いするようで、フロントで飲み物を頼むと、沙梨の宿泊する部屋に持ってきてくれた。

龍土町はしょっちゅう霧に覆われるが、なかでもこの高台付近はいつも霧に煙っている。

霧島先輩の自宅もこの辺りにあるそうだが、春斗はまだ訪れたことはない。高台まで歩くのが億劫という理由もあるが、そこはかとなく神聖な空気の漂う高台には、おいそれとは近寄ってはならない、という町の不文律がある。

特別な小説家以外は立ち入れない禁足地とは、山の上旅館のことだったようだ。

何もかもが仰々しい場所に招かれた春斗は冷汗をかきまくっており、劇的に甘いはずのコーラの味さえ、ろくに分からなかった。室内は思っていたほど華美ではなく、十畳ほどの広さの和室だった。黒色の砂壁には、満月に向かう昇龍の日本画が掛けられている。

春斗が私淑する小説家の高槻沙梨との対面が叶ったきっかけは、文藝心中社が主催する文藝海新人賞にこっそり応募した『論より翔子』のおかげだった。

小説調で日記に綴っていただけの代物だったが、国語教師の小峰先生に熱心に勧められ、新人賞に投稿する運びとなった。受賞には至らなかったが、龍土町に逗留する予定の高槻に声をかけられた。

「応募原稿を読ませていただきました。いちど会ってお話しませんか」

憧れの小説家から直々に目をかけてもらい、気分的には弟子入りしたも同じだった。

応募作の感想などは聞いていないが、ただ読んでもらえただけでも嬉しかった。

先程から沙梨は楚々とした笑みを浮かべているだけで、一向に話を切り出す様子はない。まったく会話がないと、どうにも気詰まりで、落ち着かない様子の春斗はアイスクリームをちびちび食べ、コーラをごくりと飲み干した。

「あの……。共作って、どういうことですか」

「ああ、ごめん。少し考え事をしていた」

春斗の声に反応した沙梨は、わずかに腰を浮かせた。

「春斗君の応募原稿の感想って、言ったっけ？」

「いえ、聞いてないです」

「じゃあ、そこから話そうか」

会った当初は藤岡君と呼ばれていたが、知らぬ間に春斗君と呼ばれるようになった。沙梨の声を聞くたびに耳がくすぐったくて、甘酸っぱい気分になるのはどうしたことだろう。

「春斗君の小説を審査した編集部がざわついていて、私も編集部に呼び出されたの」

「どうしてですか？」

「応募作が私の作品にそっくりだったから」

担当編集者に、「高槻先生の親戚の子かなにかですか」「高槻先生ご自身がお書きになったわけではないですよね」と査問されたという。

「そんなに似てましたっけ」

「構成がそっくりだった。文体も似ていると言えば、そうと読めるぐらいには似ていた」

春斗は空惚けたが、意図的に似せた部分があるのは事実だ。

応募作の『論より翔子』は、「一方通行の恋が実らず、学校に火を放とうとするバスケ部マネージャー・翔子の話」である。

高槻沙梨の第三作『夢から醒めて』は、「ストーカー被害に遭った女子校生が担任の先生に相談に乗ってもらううちに恋心が芽生え、思いが届かず、学校に火を放とうとする話」だ。

女子校生を女子中学生のバスケ部マネージャーにすげ替え、恋心を抱く相手を担任から同級生のバスケ部員に変更すれば、丸っきり同じ構造をしている。

「捨て置くには惜しい才能だけれど、先行作品に似過ぎているのが駄目、というのが編集部の見解だった」

私情の混じらない物言いに優しさを感じたが、口惜しくもあった。

大枠は同じだが、でも細部(ディティール)はずいぶん異なっている、という自負はある。

「同じだけど、違います」

春斗がぽつりと呟くと、沙梨が小さく頷いていた。

「そうだね。『夢から醒めて』の主感情は、怒りと恨みだもの。ストーカーに対する怒り、思いに寄り添ってくれない担任への恨み。でも春斗君の小説は違う。同級生への憧れが強くあって、学校に火を放つという行為は小説を盛り上げるためのスパイスに過ぎない」

憧れの小説家だけは理解してくれて、不意に涙がこぼれそうになった。

「編集者も選考委員の先生方も花丸はくれなかったけれど、私はよく書けていると思った。だから特別に高槻賞を進呈します。賞金も何もないけど、お茶ぐらいはご馳走するよ」

春斗は鼻をぐずらせながら、目元をごしごしと拭った。

「先生は優しいですね」

「私も今、けっこう叩かれてててね。優しい言葉に飢えてるからかな」

「そうなんですか?」

「うん、酷評の嵐。薄っぺらい。発想が陳腐。中身のない駄作。ありきたりな設定、ありきたりなストーリーで得るものがない。作者の実生活がいかに狭いかを露呈してしまった残念な一冊、とかもう散々だよ」

沙梨がいささか自嘲気味に言った。

ネットの海には『夢から醒めて』を酷評する書き込みが相次いでおり、失意の沙梨は電波の届かない龍土町で気分転換しようと決意したという。

「私、女子校育ちだから、同級生の男の子に憧れるという経験が乏しくてさ。手癖で書くと、主人公が好きになる相手は年上ばかりになっちゃって、同い年ぐらいの男子がぜんぜん魅力的に書けないの」

「はあ、そうなんですか」

「春斗君はどうやって書いたの？　作中の男の子がすごく可愛かった」

「実在のモデルがいるので、そのまま書いた感じです」

「え、そうなの？」

「名前もそのまんま書いたので、激怒されました」

「登場人物（キャラクター）の名前って悩むよね。私も知り合いの名前を借りることはあるけど、ちょっとぐらいは変えてるよ。まあ、読む人が読んだら分かっちゃうから、え、頭の中でこんなことを考えていたの。怖い、とかドン引きされて、関係が終了することが多いんだけど」

「小説家って、因果な商売ですね」

「人が見たくないもの、隠していたいものに手を突っ込んで穿（ほじく）り返す人でなしだからね。人間的には好かれはしないよね」

沙梨は笑っているけれど、心の底から笑っているようには見えなかった。

「沙梨先生はいつまで龍土町にいるんですか？」

「小説が書き上がるまではいようかな、と思ってるけど、構想がぜんぜん固まらなくてね。書こうと思っているものは、ぼんやり頭の中にはあるんだけど」

「どんな話ですか」

「愛は狂気であり、凶器でもある……みたいな話」

「ぜんぜん分からないです」

「うん。私もぜんぜん分からない」

ははっ、と笑いながら、沙梨は手元のメモ帳に「愛」「狂気」「凶器」という三つの単語を記した。

「題名（タイトル）だけは決まっているの。『魔弾の射手』にしようかなって」

「魔弾って、どんな意味でしたっけ」

「七発中六発は自分の意図するところに必ず命中し、残りの一発は悪魔の望む箇所へ命中する魔法の弾丸のことでね。深刻なスランプに陥っている若い漁師が魔弾を手に入れるの」

「先生もスランプなんですか？」

「スランプなんて言えるほど長く書いていないけど、思ったように書けなくてね。宿にこもってばかりだと煮詰まってくるし、話し相手がほしかったところ」

室内に時計はなく、部屋に招かれてからどれだけ話していたのか分からなかった。

「ごめん。そろそろ帰らなきゃいけないよね」

「あ、はい」

旅館のロビーまで見送ってくれるらしく、春斗は沙梨と一緒に部屋の外へ出た。

長い廊下を歩いていると、中庭に面した高窓から満月の光が差し込んでいた。

「沙梨先生は降龍祭には行かれるんですか」

「見学してみたいけど、ひとりで行っても寂しいだけだから」

龍士町では毎月、満月の日に「満月祭」が開催され、前後二日間も含めた祭りとなる。

満月前夜の小望月（こもちづき）の祭りは、龍が満月に向かって昇っていくことになぞらえ「昇龍祭」、満月翌日の十六夜（いざよい）の祭りは、龍が地平に還（かえ）っていくことになぞらえて「降龍祭」との別名があるが、三日間をひっくるめて満月祭と称されるのが一般的だ。

廊下の向こうから歩いてくる人影があり、春斗はそそくさと脇に避けた。

「あれ、ハルちゃん」

すれ違いざまに呼び止められ、春斗が振り返ると、猫を抱いた霧島シオンだった。

黄金色に輝く長毛の毛並みはふさふさしていて、思わず撫でてみたくなった。

「今晩は、春斗君の友人の霧島シオンです」

「こんばんは、高槻沙梨です。小説家です」

高槻とシオンは如才なく会話しており、春斗だけがぽつんと立ち尽くしていた。

# 言葉は正確に伝えんとな

霧島シオン

廊下で立ち話をしていると、旅館の従業員がシオンを呼びに来た。

「霧島様、お客様がお見えです」

小説家の高槻先生には、先に部屋に戻ってもらうことにした。

「すみません、お先に失礼します。お休みなさい」

こんな夜更けになんだろうと思ってロビーに顔を出すと、武藤哲太が立っていた。

「どうしたの、むっちゃん」

「家出小僧（リオン）は小峰先生のところで預かっている」

「そう、ありがとう」

姉とケンカし、殿村真（トノ）ともケンカ中だから、まだ家に帰ってくる気分ではないのだろう。

リオンの怒りが収まるまでは、放っておくに限る。

「ご迷惑おかけします」

「にゃあ」

シオンがぺこりと頭を下げると、つられて姉も頭を下げた。

「海に潜ったとき、鮫と喧嘩して怪我してな。高熱を出して寝込んでいる。二、三日は安静にさせておく」

「なにやってんだよ、リオン」

「民宿に空きがなくて、今は春斗の部屋に寝かせている。白石が看病中だ」

武藤哲太は、シオンにくっついてきた春斗に視線を向けた。

「部屋になにか見られて困るものはあるか？」

急に話を振られた春斗が落ち着かない様子で言った。

「……あ、日記」

「と思って、持ってきた」

武藤哲太は春斗に日記帳を手渡すと、くるりと踵を返した。

「忘れてた。白石から伝言」

立ち去りかけて、おもむろに振り返った。

「その日記、シオン君に見せたら殺すから」

「ぼくの悪口でも書いてあるの？」

シオンが悲しそうな顔をすると、武藤哲太が首を横に振った。

「訂正。言葉は正確に伝えんとな」

武藤哲太は面白くもなんともなさそうに言い、そのまま去っていった。

「その小説、シオン君に見せたらただじゃおかないから」

日記帳を持った春斗は口をぱくぱくとさせ、見るからに挙動不審だ。

身体がすーっと透明になっていき、シオンの目から隠れようとしていた。

「ハルちゃんは小説を書いているの？」

シオンにまじまじと見つめられ、消えかけの春斗は後ずさった。

「え、あ、はい」

「ぼくには見せてくれないの？」

「え、あ、いえ。ショコ先輩に殺されるので」

春斗がもごもご言っているが、シオンは極上の笑みを浮かべた。

「だいじょうぶ。ぼくもいっしょに殺されてあげるから」

「にゃあ」

透明になりかけていた春斗に猫が飛びかかり、日記帳をぱくんと咥えた。

日記を手中にした姉は書斎の方へすたすたと歩いていく。よほど見られたくないことが書かれているのか、春斗の顔が青褪めている。

小説家に目のない姉は、たぶん誰にも邪魔されずに読みたいのだろう。

姉が日記を読み終えた頃合いに戻ることにする。

「ハルちゃん、お風呂に行こうよ」

「え、でも……」

すっと気配を消して、半透明になりつつあった春斗の手を掴み、大浴場へ向かった。

当座の宿泊客は高槻先生以外にいないらしく、男子浴場は貸し切り状態だった。

今日のお風呂は二回目だけど、まあいいや、と思いながら掛かり湯をする。

春斗は脱衣所でもたもたしていて、ぜんぜん浴場へと入ってくる気がしない。

ただ洋服を脱ぐだけなのに、それにしたって遅過ぎる。もしや脱走しているのではないか、と心配になり、シオンが脱衣所に戻りかけると、ハンドタオルで下半身を隠した春斗がおずおずとやって来た。シオンとはまったく目も合わせず、他人行儀にシャワーを浴び、逃げるように洗い場の方へ歩いていく。

リオンだったら掛かり湯なんてせず、真っ先に湯船に飛び込むだろう。

春斗のお行儀良さを見ていると、泣き虫シオンと呼ばれた昔の自分に重なって、なぜだか笑いが込み上げてきた。まず頭から洗う派であるらしい春斗がシャンプーに手を伸ばしかけたところで、春斗の腕を引っ張り、思い切り湯船に投げ込んだ。

お湯から浮上した春斗は、顔半分をお湯に浸けたまま、ぶくぶく泡を吹いている。

もくもくと曇った湯気のせいで顔がよく見えないが、もうのぼせてしまったのか、おでこが茹蛸(ゆでだこ)みたいに真っ赤になっていた。

いつもはお姉ちゃんとお風呂に入るけれど、男同士もけっこう楽しい。

「ぼくが読んだらショコちゃんが怒る小説ってどんな内容なんだろう」

「それは、その……」

「あ、言わなくていいよ。後でじっくり読ませてもらうから」

お楽しみは最後に取っておく主義だ。ショートケーキの苺も最後に食べる。

でも最後のお楽しみに取っておいた苺をリオンに横取りされて、よく泣いていたっけ。

「そっか、そっか。ハルちゃんは小説を書いているんだ」

「べつに、そんな大したものじゃないです」

小説を書く行為は、龍を創ることに等しい。

姉が慕った特別な小説家は、三頭の龍を生みだした。

可愛い弟分(ハルちゃん)がどんな物語を生みだしたのかと思うと、読むのが楽しみで仕方なかった。

お風呂上がりに扇風機に向かって「あーーーーーっ」と唸ってから、従業員が用意してくれた浴衣を着て、差し入れの珈琲牛乳を飲んだ。

ちょうど着替えたタイミングで、猫の姿の姉が忍び寄ってきた。

姉はいつになく上機嫌で、くるん、くるんと尻尾まで喜んでいる。

「たしかにあれはシオンには見せられない内容だわ。いやあ、笑った笑った」

姉がくつくつと笑っている。猫語ではなく、人間の言葉で話しかけてしまったことに途中で気がついたらしく、お澄まし顔で取り繕った。

「にゃあ」

春斗は一瞬怪訝な表情を浮かべたが、べつだん取り乱すことはなかった。

「霧島家の猫は喋るんですね」

「うん、そうだよ」

猫が喋ると大抵の人間は驚くのに、春斗は「へえ、猫が喋った」程度の反応(リアクション)だった。

「あんまり驚かないんだね」

「シオン先輩は神なので、飼い猫が喋っても不思議ではないです」

「ぼくは神様なんかじゃないよ」

本物の神様ならば、すぐ近くにいる。

神の化身である猫は、珈琲牛乳の空き瓶をごろごろと転がして遊んでいる。転がった瓶の上にぴょこんと飛び乗って、曲芸のように乗りこなしていた。

「猫の名前はなんていうんですか？」

「お姉ちゃん」

春斗がきょとんとした。

「ぼくはお姉ちゃんって呼んでいるよ」

姉は瓶の上から飛び降り、しゅたっ、と見事な着地を決めた。

「ハルちゃんも好きに呼んだらいいと思うよ」

「にゃあ」

「じゃあ、吾輩で」

「なんで?」

「猫といえば吾輩です」

姉は春斗の胸に向かって跳躍すると、春斗がよたよたしながら受け止めた。猫そのものの姉は春斗の頬っぺたをちろりと舐めて、開運招福の招き猫ポーズをとった。

「吾輩は猫(ニャー)である。名は好きに呼ぶがいい。にゃあ」

# 失望の先

霧島シオン

特別な小説家だけが立ち入ることを許された書斎で、シオンは静かに日記帳を読み耽っていた。同室を許された春斗は気ままな猫に弄ばれていた。

「好きな女の子はいるの？」

「いないです」

「好きな男の子は？」

「シオン先輩は尊敬しています」

「年上派？　年下派？」

「年上派です」

「猫派？　犬派？」

「猫派です」

「じゃあ、あたしのこと好き？」

にゃあにゃあと猫にまとわりつかれ、春斗は居づらそうにしている。部屋の隅っこで置物のように硬直して、ただただシオンの視線の先を見つめていた。

「さあ、言ってごらん。お姉ちゃん、大好きって」

完全に猫に主導権を握られて、春斗の気配がどんどんと薄くなっていく。

「照れんなし。さあ、言うんだ。お姉ちゃん、大好き」

リオンが反抗期になったからなのか、春斗を猫色に染めようとしている。日記の一字一句を丁寧に追っていたシオンは顔をあげ、春斗に向かって手招きした。

「ハルちゃん、おいで」

春斗は渡りに船とばかりに、シオンの隣にちょこんと座った。

猫はシオンの膝に飛び乗って、大きなあくびをした。

「シオン、読むの遅い。あたし、飽きちゃった」

「うん、もうすぐ」

書斎に常備してある猫じゃらしをふりふりすると、気まぐれな猫は途端に「おっ、おっ」と視線を左右に揺らした。踊るような猫パンチが空を切る。

読み終わるまでは静かにしていてほしいのだが、姉がはしゃぐ気持ちもよく分かった。

日記に綴られた『論より翔子』と題された小説を読み進めるうち、シオンの表情が自然と綻んでいった。どうして翔子が「その小説、シオン君に見せたらただじゃおかないから」と口にしたのか、さっぱり理解できなかった。

こんな小説を書いていたなら、もっと早く言ってくれればよかったのに。

翔子の視点で描かれた小説には、作者である藤岡春斗は登場しない。

だが、視点人物の翔子の物の見方、考え方は春斗の感性を具現化したものだ。

この翔子は春斗なのだ、と思って読むと、この物語は特別な意味を帯びたものに思えた。

物語の中のリオンは、とにかく怒っていた。

物語の中のシオンは、とにかく優しい。

物語の中の翔子は、いや春斗は、優しさに憧れ、やがて失望に塗り込められ、怒りに触れるうち、学校に火を放とうとする。

学校とは、人間の縮図だ。

春斗は、人間に失望したのだ。

三つ首の龍が失くした「憧れ」が、失望に染まったまま亡くなってしまった一頭がそこに在った。

「ハルちゃんは学校に火をつけたくなったことがあるの？」

「え、あ、はい……」

小説を読み終えたシオンが春斗をじっと見据えた。

「人間に失望した？」

「……は、い」

春斗の声は掠れ、ほとんど聞き取れないぐらいに小さかった。

翔子に激怒されたように、シオンにも怒られると思ったのだろうか。

怒るつもりなんてないのに、なんて世話の焼けるおバカさん。

こんなに素敵な物語を書いたのなら、えへん、と胸を張っていればいいのだ。

「ねえ、ハルちゃん」

親しみを込めて肩を抱き寄せると、春斗がびくっと震えた。

「次はどんな物語を書くつもり？」

「ショコ先輩に、せめて紙の上では幸せにさせてくれたっていいていいじゃない、と言われていて、今度こそ一方通行じゃなくて両想いの話をリクエストされました」

「あ、それいいね」

「不幸な話は書けるけど、幸せな話は書けないんです。恋愛とかよく分かんないし」

楽しそうなシオンとは対照的に、春斗はがっくりと肩を落とした。

「ショコちゃんがリクエストしたみたいに、ぼくもリクエストしていい?」

「はい」

春斗がきょとんと目を丸くした。

「ぼくは三つ首の龍の話を書いてほしいな。龍の頭はそれぞれ主となる感情を持っていて、真ん中が憧れで、右が優しさ、左が怒りなの」

「はあ……」

「憧れが首を刎ねられ、龍として生きられなくなって、残った二頭が人間として生きることを運命付けられてしまうお話なんだけど、どうかな」

「よく分からないですけど、壮大なお話ですね」

春斗が曖昧に頷いた。猫はシオンの膝の上で喜びのダンスを踊っている。

「シオン先輩は龍なんですか」

「うん、昔はね」

「ショコ先輩は息なんです。ぼくは泡」

「なに、それ」

「龍のなり損ねで、元々は龍の吐いた息です」

「へえ、そうなんだ。泡は？」

「なんか泡々してる感じのやつです」

「ごめん、ぜんぜんわかんない。ハルちゃんは真ん中の龍にしなよ」

「首を刎ねられちゃうんですか」

「うん、嫌？」

「べつにいいですけど」

物語の構想について話し合ううち、だんだん三つ首の龍の物語の全容が形を成してきた。

「どう、書けそう？」

「だいたい書けそうな気がしますけど、一カ所だけ書けない場面があります」

「どんなところ？」

春斗は言おうか言うまいか、ちょっと迷っているようだ。

「片想いがどうやったら両想いになるのか、さっぱりです」

「それはぼくもわからない」

シオンと春斗が二人してムズカシイ顔をしていると、いざというときに頼りになる猫が神の啓示をもたらした。

「そんなの、取材すればいいんじゃにゃい」

にゃはは、と笑った猫に誘われ、優しさと失望改め憧れは、月明かりの町に繰り出した。

# 取材前夜

霧島シオン

シオンと春斗が連れ立って、国語教師の小峰文則が営む民宿に赴くと、食堂で小峰夫妻が夜泣き蕎麦を啜っていた。蕎麦とは言いつつ、正体は醤油ラーメンで、刻んだネギと海苔、メンマが入っただけのシンプルなものである。

鬼嫁の異名をとる志乃夫人の監視下で、小峰は半ば強制的にダイエットに励んでいるが、嫁の目を盗んではチャーシューやベーコンを投入しようとする。嫁の監視が届かぬ学び舎では食べ盛りの教え子たちに肉三昧の小峰スペシャルを大盤振る舞いし、自分もいっしょに食べる。そして嫁にこっぴどく叱られる、というイタチごっこが続いている。

「おう、ちょうどいいところに来た。お前らも食うか」

ズルズルとラーメンを掻き込み、スープまで綺麗に平らげた小峰がのそりと立ち上がった。たぷたぷのお腹が揺れ、細身の志乃が「まだ食べる気?」とでも言いたげな殺気立った表情を垣間見せた。

「大丈夫です、お構いなく」

シオンが遠慮すると、お代わりを作り損ねた小峰が表情を曇らせた。

「文則（ノリ）君、ごめんねえ。夕飯が足りなかったかしら」

「いいえ、滅相もございません。完璧に計算された献立です」

小峰がコメツキバッタのようにへこへこと頭を下げている。

「あら、そう。嬉しいわ」

「これはいわゆるひとつの幸せ太りというやつで」

「きちんとカロリー計算しているつもりなのにおかしいわね。明日から一品減らす?」

「それだけはどうかご勘弁を。なにとぞ、なにとぞ」

夫婦の力関係は火を見るより明らかだ。

小峰は土下座せんばかりの勢いで平謝りしているが、志乃の目はまったく笑っていない。

志乃は養護教諭、いわゆる保健室の先生で、夫の文則とは職場結婚だった。

とにかく目つきが鋭く、竹刀を持ち歩きながら廊下を徘徊していた、という伝説の持ち主である。伝説には尾鰭が付き、剣道師範の娘だの元ヤンキーだのと噂されたが、志乃は否定も肯定もせず、氷のような笑顔で一蹴した。

「リオンがこちらでお世話になっていると聞いたんですけど」

「翔子ちゃんが看病しているわ」

シオンが恐縮しながら訊ねると、志乃はつっけんどんに応じた。

小峰を筆頭に、教え子も右へ倣えで志乃に恐れをなしているが、猫だけは恐れ知らずだ。

「にゃあ」

勝手知ったる我が家のように、春斗が間借りしている一室へ忍び込んだ。扉は開いていなかったが、ドアノブにジャンプしてぶら下がり、あっさり開けてしまった。

ベッドにリオンが寝かされていて、ぜえぜえと荒い呼吸を繰り返していた。鮫に齧られて負傷したという肩には包帯が巻かれている。痛々しくはあるけれど、腕がもげちゃっているわけではないし、リオンは強い子だから大丈夫だろう。

「お願いだから食べてよ。せっかく作ったんだから」

白石翔子がお粥を食べさせようと、リオンの口元に甲斐甲斐しくスプーンを近付けているが、強情に避け続けて食べようとしない。

「おかゆ、きらい。リンゴのしゃりしゃりしたやつがいい」

高熱を出してぶっ倒れていても、わがままを言う元気はあるらしい。

「リオンがショコちゃんに甘えてる」

シオンがぷっと吹き出すと、リオンにぎろりと睨まれた。

猫の姿の姉がリオンの胸元にダイブして、負傷した肩をぺしぺしと叩いてからかったものだから、リオンの怒りは一気に沸点に達した。

「なんだよ、いちいち来んなし！　帰れ、帰れ！」

胸元の猫を追っ払おうとし、勢い余って負傷中の肩を動かしてしまい、苦痛に顔を歪めた。

「え、あ、シ、シオン君……」

シオンを認めた翔子は見るからに慌てふためいている。

「ショコちゃん、ありがとう。ご迷惑おかけします」

「え、それは、だいじょうぶ」

すっかり無視されたリオンはたいそうご立腹で、宙に浮いたままのスプーンにぱくりと噛みついた。もしゃもしゃと咀嚼し、「ふんっ」と子供じみて怒り、そっぽを向いた。

からかい半分の猫パンチを浴びても、ふて寝を決め込んでいる。

「さっきは途中で帰っちゃってごめんなさい」

翔子がしょんぼりと項垂れた。月明かりを浴びると身体が薄らいでしまう体質の翔子は、雨雲に隠れた満月が顔を出すうちに心変わりした。シオンの目の前で身体が溶けかかっていく恐怖には勝てず、焦りながら「そろそろ帰ろう」と進言した。

もちろん本意ではなかったが、仕方がなかった。

「体調でも悪かったの？」

「ううん、そうじゃなくて」

翔子は言いずらそうにもじもじしている。

「私、あんまり月の光を浴びていられない体質で……」

苦しい言い訳を試みると、シオンはあっさり納得した様子だった。

「そっか。明日もお祭りに誘おうと思って来たんだけど、無理そうかな」

「え？」

「ハルちゃんに幸せな結末（ハッピーエンド）の小説をお願いしたでしょう。ぼくもハルちゃんにお願いしたんだけど、想像だけでは書けない場面があって、取材が必要だってことになったんだ」

話題についていけないリオンがゲホゲホと咳き込みながら、話に割って入った。

「オレも祭りに行く！　シオンだけずっこい！」

「リオンは風邪ひいてるじゃん。ちゃんと治ったらね。治るまでは大人しく寝てなよ」

シオンは部屋から翔子を連れ出すと、そっと扉を閉じた。

「ショコちゃんは月が嫌い？」

「き、き、嫌いじゃない」

滅相もない、とばかりに首を振った。

「じゃあ明日、もういちどお祭りに行きませんか。今度はハルちゃんもいっしょに」

「う、うん。喜んで」

翔子はこくこくと頷いた。

猫を抱いた春斗はずっと傍観しており、時折猫にひそひそと語りかけていた。

「ところで、ぼくはどこで眠ればいいんですか」

# 楽しい夢を

霧島シオン

風邪っぴきのリオンに部屋を占拠された春斗を霧島家にお持ち帰りした。

片付けが出来ないリオンの部屋はぐちゃぐちゃに荒れ果てており、とてもお貸しできる状態ではない。

整理整頓の行き届いたシオンの部屋で、一緒に眠ることにした。春斗はベッドの下に布団を敷いて眠ります、と遠慮したけれど、そんなところで変な遠慮はいらない。

「いいから、いいから」

枕を二つ並べて、双子みたいに隣り合って眠った。

枕元には眠り猫が丸まっている。

「シオン先輩は二人だけで暮らしているんですか」

「ううん、お姉ちゃんといっしょだよ」

「猫じゃなくて、人間のお姉さんの方です」

「撮影のときは人間だけど、普段は猫でいることが多いかな」

「女優って忙しいんですね」

他愛のない話をしていたら、いつの間にか眠っていた。

寝相の悪いリオンと一緒に眠ると、パンチやキックの一発や二発を食らうことは覚悟しなければならない。それに寝言もうるさい。

その点、春斗はいるんだか、いないんだか分からないぐらいに静かだった。

息遣いさえほとんど聞こえないと思ったら、毛布を鼻頭まで引っ張り上げており、規則的に毛布が上下するので、かろうじて呼吸をしているのが分かったぐらいだ。

「ちゃんと息してるのかな」

先に目覚めたシオンが苦笑いした。春斗はすやすやと安眠しているはずなのに、どことなく苦しそうに見える。眉間に皺が寄っているからだろう。

「楽しくない夢でも見てるんじゃない」

「そうなのかな」

枕元に寝転んでいた猫がうにゃん、と甘えてきた。

「いっちょ楽しい夢でも見させてあげますか」

シオンとひとしきりじゃれた後、姉は春斗の首筋に近寄り、眉間の皺を左右に広げた。

苦しげな線がなくなったら、見違えたように幸せそうな寝顔に変わった。

「どんな夢？」

「小説の題材になるような夢」

姉はしゅたっとベッドから飛び降り、にやりと笑った。

# 繋がる世界

霧島シオン

降龍祭にはシオンと翔子、春斗とお目付け役の猫、小説家の高槻沙梨が参加した。

猫から女優・霧島綾に変じた姉は、高槻沙梨に打診した。

「うちの小説家の卵が三つ首の龍の物語を書こうと考えておりまして、高槻先生にも是非、取材に同行していただけないかと申しております」

「私でよければ、ご一緒させていただきます」

二つ返事でお祭りに同行することとなった高槻は、艶やかな紫紺地の浴衣を着て現れた。

春斗はすっかり見惚れていて、声すらも出ないぐらいに固まっていた。

「ほれ、おハル。沙梨先生に手を繋いでもらいなさい。自分で頼むの。いいから言えって。照ーれーるーな。ほらほら、自分で体験しないと良い小説を書けないでしょう」

猫に化身した姉は、春斗の肩の上からあれこれと指図している。

耳元で囁いて春斗を遠隔操作（リモートコントロール）しているが、隣を歩く高槻沙梨にも聞こえていないはずがない。しかし猫が喋ろうと高槻は涼しい顔を崩すことはなく、驚いた風もない。

小説家という人種は猫が喋ろうが、人間に化けようが、平然としていられるようだ。

姉には「好きな女の子はできたの」「手ぐらい握ったの」と根掘り葉掘り訊ねられたが、今は春斗がその洗礼を受けている。猫の操り人形と化した小説家の卵は、起動実験で第一歩を踏み出したばかりのロボットのようにぎくしゃくしていて、なんだか微笑ましい。

「あの、沙梨先生……」

消え入りそうな声で春斗がお願いしているが、これ以上を盗み聞くのは野暮というもの。

シオンは歩くのをちょっと遅らせて、小説家の師弟を見守ることにした。

春斗が躊躇いがちに手を差し出すと、高槻沙梨が静かに握り返した。

二人には頭一つ分ぐらいの身長差があり、仲の良い姉と弟のように見える。

春斗の肩に乗っかったままの姉が、「こっちはあたしが面倒みるから、そっちはそっちで頑張りな」という視線を送ってきた。言葉にはならなくとも雰囲気でなんとなく分かる。

姉は弟のことなどそっちのけで、小説家の卵を育てる遊戯に夢中のようだ。

春斗が後世に読み継がれる特別な作家になったそのときに、「あれを書かせたのはあたし」と自慢するつもりなのかもしれない。

三つ首の龍の物語を生んだのが、姉にとって特別な作家である三島シンジであるならば、三つ首の龍の物語を育てたのは紛れもなく姉の手柄だ。

新たなる三つ首の龍の物語が生まれるその瞬間に、姉は立ち会いたいのだ。

言葉が龍となり、次世代に継承される。

生み落とされる前の物語の種は脆く、儚い。それゆえ、先に生まれし龍が言葉の守護者となる。特別な小説家が龍を生み、世界に言葉が贈与される。

贈与された言葉がまた新たな龍を形作り、そうして世界は連綿と続いていく。

春斗がどんな物語を書くのか分からないけれど、ちょっとでも世界が優しくなるような夢物語を描いてほしい。

「シオン君は龍なの？」

シオンの隣を歩く白石翔子が訊ねた。

「生まれたときはそうだったみたい」

「お姉さんは猫なの？」

「だいたいはね。龍でもあるけど」

「春斗はそんな小説を書こうとしているんだ」

「書き出してみたら、ぜんぜん違う話になっちゃうかもしれないらしいけどね」

からん、ころん、と下駄が鳴る。

白石翔子は人混みの砂利道をよろめくように歩いていて、なんとも危なっかしい。

「歩きにくそうだね」

「シオン君が拾ってくれた草履を踏みつけたりできない」

「履くものなのに？」

「うん。今日は休ませてあげたいなって」

翔子の足下を見ると、昨日は草履だったが、今日は下駄だった。よく歩いたご褒美として、今日は草履をお休みさせてあげたのだろう。シオンもバスケットシューズは大切にしているけれど、草履にまで心を配ったことはなかった。

「ショコちゃんは優しいね」

「え、ぜんぜん。ぜんぜんそんなことない」

翔子が真っ赤になって俯くが、歩きにくそうなのは相変わらずだ。

前方不注意だった男女のカップルとぶつかりかけて、ぐらりとよろけた。

「あっ……」

転びそうになった翔子の背中を支えると、よけいに真っ赤になって、ぱっと離れた。

「ご、ごめんね。ありがとう」

「だいじょうぶ？　もしかしてリオンの風邪が移った？」

「平気、ほんとうに平気だから」

シオンが心配そうに顔を覗き込むと、翔子は泣きそうな顔をして語気を荒げた。意固地になって歩いたが、慣れない下駄を履いているせいか、やっぱり歩き方がぎこちない。

「ショコちゃん、手を繋ごうか」

「え？」

ごくごく自然に手を取ると、指先から翔子の温もりが伝わってきた。

「ショコちゃんの手、温かいね」

「え、そ、そう？」

「やっぱり風邪ひいてない？　無理しないでいいからね」

「だいじょうぶ、ほんとうにそれはだいじょうぶ！」

翔子の歩調に合わせて歩くと、どんどん人に追い越されていった。

シオンたちを追い越していった祭り客が振り返って、じろじろと見つめてきたりもした。

ただ手を繋いでいるだけなのに、なんだかとても気恥ずかしかった。

「照れますね」

「照れますね」

どちらからともなく言い合って、二人して笑い合った。

# 龍より翔子

白石翔子

シオンと手を繋いで歩いた翔子は、夢の中を歩いているような浮遊感に包まれていた。もしかしてこれは夢じゃなかろうか。夢だったとしたら、なんて幸せな夢だろう。今はどこを歩いていて、どんな会話をしたのか、今は何時なのかも定かではないが、大好きな人と並んで歩いているだけで特別な時間に感じた。

月明かりに照らされると身体がだんだん薄らいでいってしまう特殊な体質だから、どこかでこの手を離さなければならない。

でも出来ることなら、ずっと手を繋いでいてほしかった。

もうこのままずっと月が顔を出さなければいいのに、という願いが通じたのか、今宵の月まで遠慮してくれているらしい。暗い空に月はなく、静かで穏やかな夜だった。

昨夜と同じく無人の神社まで歩いたが、隣には霧島シオンがいる。

境内の腰掛け石に並んで座り、ひとつだけ買ったあんず飴を代わりばんこに舐めた。

「ハルちゃんたちとはぐれちゃったね」

「うん、そうだね」

夜店で買った甘くて酸っぱい飴が舌の上で溶けて無くなり、ふと空を見上げると、ぼんやりとした月が顔を出し始めていた。

しっかりと握っていたはずの飴の棒が、からりと地面に落ちた。

月明かりで指先が溶けかかっていた。

「あ、溶けちゃう……」

夢のようなこの時間も、もう終わりだと思うと、自然と涙が頬を伝った。

たぶん、月から守ってくれようとしたのだろう。

月の光を遮るように身体が重なり、ほとんど目の前に霧島シオンの顔がある。

近い。

近い、近い。

近い、近い、近い。

死ぬ。

え、これ現実ですか？

妄想のなかでさえ、うまく想像できなかった衝撃の展開に翔子が身悶えると、向き合っていた身体がすっと遠退き、肩を抱かれたまま隣り合う姿勢になった。

「ショコちゃん、月が綺麗だね」

前日の再現(リプレー)のような甘やかな声音が耳元を襲えば、一撃死(ノックアウト)は免れない。

溶ける。蕩(とろ)ける。翔子の頭のなかは、とっくにぐちゃぐちゃだ。

「あ、え、う、うん……」

月明かりの下、ただでさえ実体を保てそうにもないが、今日は十六夜(いざよい)。

満月より月の出が遅れており、月が顔を出すのをぐずぐずと躊躇っている。

それでも翔子の手指は、だんだんと蜃気楼のように揺らめき始めた。白地に赤い菱形模様をあしらった浴衣に隠れた太腿が、じわじわと色を失くしていき、薄ぼんやりしつつある。

そろそろ限界だった。人間の形を保っていられる限界は、もうすぐそこに迫っていた。

やめて。溶ける。自分が消える。

ぐずぐずした月が顔を出すにつれて、嘘みたいに美しい記憶までが揺らいでいく。

何もかもが蜃気楼のようにぼやけていく。

でも月だっていずれは姿を隠すのだから、私ごときはこのまま消えてしまったっていい。

今日こそは逃げずに応じる。後悔だけはしない。

「月が綺麗だね、シオン君」

恥じらいを含んだ月明かりに照らされて、限界はすぐそこに迫っていた。

指どころか手が、そして足が、たぶん胴体、さらには顔までが消えつつある。

夢幻(ゆめまぼろし)のように、いずれは跡形もなく消えてしまうだろう。

それでもいい。

この日の一瞬が、永久(とわ)なる物語に保存されるならそれでいい。

口づけにさえ届かない微風(そよかぜ)のような息だけで、わたしは空も飛べるんだ。

論(ろん)より証拠(しょうこ)、龍(ロン)より翔子(ショーコ)。

わたしの名前は白石翔子、龍の息がかかった女。

神原月人（かんばら　つきひと）
東京都出身。『絶望オムライス』が第9回ネット小説大賞を受賞。
本作『しょーもな記』が第1回曲木賞を受賞。

しょーもな記

二〇二三年二月二十八日　第一刷発行

著者　神原月人
発行者　山田剛士
発行所　月と梟出版
この本に関するご意見、ご感想や、万一、印刷・製本などに製造上の不備がございましたら、お手数ですが info@moon-owl.jp までご連絡をお願いいたします。
印刷所　藤原印刷
組版　宮澤新一
装丁　小松秀司
装画　Naffy

定価はカバーに表示してあります。

ISBN978-4-910946-00-9　Printed in Japan
月と梟出版ホームページアドレス　moon-owl.jp